이광재 독서록 2010

2010년 2월 22일 초판 1쇄 발행 ㅣ 엮은이 이광재 ㅣ 편집 김미미 ㅣ 북디자인 최훈 ㅣ 제작 김석원 ㅣ 발행처 도서출판 연장통, 경기도 파주시 교하읍 문발리 504-4, 전화 031 957 9497 ㅣ 출판등록 제16-3040호 ㅣ www.yonjangtong.com

ⓒ 연장통, 2010   ISBN 978-89-954647-5-5   03810   값 10,000원

이 도서의 국립중앙도서관 출판시도서목록(CIP)은 e-CIP 홈페이지(http://www.nl.go.kr/ecip)에서 이용하실 수 있습니다. (CIP제어번호: CIP2010000516)

이 책에 게재된 원고는 해당 출판사와 저자의 사용동의를 받았습니다.

같은 강물에
발을
두 번 담글 수
없다

지혜로운 오늘을 위한
글모음

———

이광재 독서록 2010

도서출판 연장통

나의 물음에

대해

책이 들려준

이야기

나는 내 자신에게 묻곤 한다.

나는 누구인가?

어디서 왔으며,

지금 나는 무엇이며, 행복한가?

또, 어디로 가는가?

나는 누구인가?

인간이다.

인간이 피할 수 없는 것은 무엇인가?

태어나고 죽는 것이다.

누군가를 만나고 헤어지는 것이다.

돈과 일이다.

피곤하지만 경쟁이다.

피할 수 없는 것이라면 멋진 경쟁이길 바란다.

고독과 고난과 시련이다.

작든 크든 정치에 영향을 받는다.

시간은 흘러간다는 것이다.

공간의 지배를 받는다는 것이다.

나는 어디서 왔는가?

부모님……

그 부모님은 또 부모님…… 또 부모님……

나는 부모들의 유전인자를 빌려쓰는 존재일 뿐이다.

나는 또 어떤 유전인자를 물려줄 것인가.

우리는 각자에게 이런 질문을 던질 것이다.

지금 나는 행복한가?

어디로 가는가?

이대로, 지금처럼 살 것인가?

변화가 있었으면 하고 바라진 않는가.

무슨 변화?

돈↑ 휴가↑ 스트레스↓ 삶의 여유↑ 건강↑ 편안한 노후↑

질병× 불안한미래×

가능한가?

지금처럼 살면 그렇게 되는가?

인간은 역사 속에 있다.

인생들이 엮은 역사 속의 교훈을 찾아보았다.

과거, 현재, 미래에 대한 물음들을 찾아보았다.

적어도 인류는 수천 년을 살아왔다.

그 흔적이 담긴 작은 기록들을 나름대로 모아 보았다.

나의 물음들에 대해 책이 들려준 이야기를 모아 책으로 엮는다.

인생을 살아가면서 한 번쯤 읽어보면, 오늘을 돌아볼 수 있는 내용이다.

우리는 은하계에 산다.

은하계엔 태양만한 크기의 별이 천억 개 있다고 한다.

지구는 태양 크기의 만분의 일이다.

우주에는 이런 은하계가 또 천억 개 있다고 한다.
천억 개 은하계 가운데 한 은하계,
그 안에 태양보다 작은 별 지구,
그 안에 수많은 나라 중 하나인 대한민국에서
'우리'로 존재하는 것은 소중한 인연이다.

내가 모은 이야기들이 '우리'에게 도움이 되었으면 한다.

지구는 시속 삼만 킬로미터로 태양 주위를 돈다고 한다.
시속 삼만 킬로미터, 어지러운 속도다.
속도의 노예가 되지 말아야 한다.

매일매일 새로운 해가 뜬다.
하루하루 전부를 살다가는 값진 인생들이 모여
아름답고 풍요로운 공동체가 되었으면 한다.

2010년 겨울, 이광재

이광재 독서록 2010, 차례

서문 __ 나의 물음에 대해 책이 들려준 이야기 004

찾아보기 301

살 때는 전부를 살고 죽을 때는 전부가 죽어야 한다 __

하나하나의 문장이 인생을 바꾼다 017 | 이슬람, 이슬람이 번성할 수 있었던 이유는 지식의 힘을 추구했기 때문이다 019 | 교육열이 높은 대한민국, 세계로, 세계로 뻗어나간다 021 | 생각을 읽으면 사람이 보인다 023 | 잘못된 점을 집중 극복해야 한다 026 | 포기하지 않으면 이룰 수 있다 028 | 남을 이기려고 하지 말자 030

만남과 헤어짐, 사람 때문에 흥하고, 사람 때문에 망한다 __

돕고 살자 035 | 좋은 인연은 서로 노력하지 않으면 만들어지지 않는다 038 | "내 인생은 아주 멋진 한 편의 영화였다" 040

인생은 장애물 경기이다 __

시련 없이 성공한 인생은 없다. 다 상처를 안고 치유하며 산다 045 | 빈들에서, 외롭지만 꿋꿋이 천년을 버텨온 태백산 주목처럼 047 | 운이 다하면 죽을 것이고, 다하지 않으면 살아남을 것이다 050 | 사도 베드로의 무덤과 로마 주교의 권력 052 | 인간이란 무엇인가? 나는 누구인가? 054 | 나는 달린다, 맨발의 마라토너 아베베 056 | 살아야 한다, 나는 살아야 한다 059

행복하게 살다가, 멋있게 죽자 __

가족은 위대한 감동을 낳는다 063 | 어머니의 사랑, 가족 사랑 065 | 잃어버린 아버지를 찾아서 067 | 청나라 건륭황제의 건강비결 072 | 남을 돕고 사는 인생 075 | 톨스토이와 도스토예프스키, 부와 가난의 운명 078 | 강력한 권력도 끝에 가서는 비단조차 뚫을 수 없다 081 | 어떻게 남을 것인가 083

명상이 있는 인생, 행복은 내 안에 있다 __

가슴으로도 쓰고 손끝으로도 써라 087 | 어제의 나는 흘러 새로운 내가 되는가? 089 | 눈에 보이지 않는 것을 보는 지혜 091 | 세상에서 가장 소중한 것 093 | 인생의 가장 먼 여행은 가슴에서 머리까지의 여행이다 095 | 지식은 기억으로부터 오지만 지혜는 명상으로부터 온다 098 | 인간의 탐욕은 모든 위험한 사태를 불러일으킨다 100 | 진정한 은자는 황야로 간다 102 | 끊임없는 노력으로 경지에 이르는 그의 열정을 닮고 싶다 105 | 우리가 간절히 바라는 풍요 속에는 많은 눈물이 숨어있다 108 | 주목받는 인생에는 기막힌 이야기가 숨어 있기 마련이다 110 | 법정 스님이 돌아본 주위에 있는 것들 112

영웅을 찾고 만드는 나라 __

영웅을 찾고 만드는 나라를 만들자 117 | 시민들은 좌 · 우가 중요한 게 아니라 그들의 삶이 나아지길 바랄 뿐이다 121 | 독서는 생각을 만들고, 생각은 지도자를 만든다 125 | 여행은 공부가 되고, 공부는 지도자를 만든다 129

도전과 시련은 지도자를 단련시킨다 __

지도자는 길을 만드는 사람이다 135 | 진정한 어머니는 절대 아이들을 버려두지 않는다 137 | 영조는 목숨을 잃을 뻔한 시련을 결단을 통해 극복해 나갔다 139 | 시련을 이긴 사우디 아라비아의 건국자, 이븐 사우드 143

통합의 지도자가 대업을 이룬다 __

통합의 지도자가 대업을 이룬다 149 | 진정한 통합과 관용이 있는 '오늘'이 희망을 불러온다 152 | 2000년 전에도 알렉산더는 적장 다리우스를 예우했다 155 | 인도의 위대한 왕은 종교와 인종을 포용해 대국을 이루었다 157 | 셍고르 세네갈 대통령 160 | 로마 멸망의 원인 중 하나는 관용이 사라진 것이다 163 | 분열의 비극-멕시코 혁명, 비야와 사파타 165 | 드골 보수주의와 우리나라 보수 169

영웅은 현실에서도 역사에서도 승자가 되어야 하기에 어렵다 __

항상 새로운 시작이 기다리고 있다 173 | 엘리자베스 여왕, 경험 많은 인사의 기용 175 | 가까운 곳에서 모략의 씨앗이 자란다 178 | 비주류 대통령 링컨과 오바마 그리고 노무현 181 | 리더의 모범, 전후 독일 아데나워 수상 184 | 윌리엄 글래드스턴, 공사를 분명히 하는 리더십 187

리더의 명상과 휴식 __

빌 게이츠가 일 년에 두 번씩 잠적하는 이유 193 | 무로부터 유를 창조한 린든 존슨 대통령 이야기 194 | 힘내라! 엄기영 198 | 멋지게 은퇴하고, 기부하고 떠나는 지도자를 보고 싶다 200

시장인가 정부인가? __

지금 우리는 좋은 정부를 필요로 한다 205 | 정부는 점점 더 커질 것이다 211

민주주의 발전시키는 기분 좋은 정부 __

시장과 민주주의라는 커플은 함께 발전해 나갈 것이다 217 | 더 좋은 민주주의는 우리 모두의 과제이다

219 | 과학 기술을 키우는 좋은 정부 222 | 정부의 R&D가 생명공학과 인터넷을 낳았다 225

기업과 정부 __

대타협을 이끄는 믿음직한 정부가 되어야 한다 229 | 정부의 역할은 현실에서 쉽게 찾을 수 있다 231 |

대기업은 악이고, 중소기업은 선인가? 233 | 중앙집권과 분권 중 어느 것이 효율적인가? 235

세금이란 무엇인가 __

세금을 많이 낸 사람이 존경받는 문화가 필요하다 241 | 감세와 증세 사이에서 국가의 흥망이 달라지는

역사는 여전히 되풀이되고 있다 246 | 역사 속에서 국가는 세금을 더 많이 거두기 위해 다양한 노력을 기

울였다 248 | 세금의 역사가 주는 교훈 256 | 동로마의 멸망은 세금과도 관련이 있다 258

행복한 미래를 찾아서 __

이기적 유전자 263 | 인간은 태어나는가 만들어지는가 267

당신은 행복합니까 __

행복한 인생이란 무엇인가? 273 | 거의 모든 일이 돈과 관계된다 275 | 지금 내 자신이 살고 있는 현재는, 미래의 아이들이 살아갈 현재를 빌려 쓰고 있는 것이다 277 | 아름다운 노후를 위해 279

건강한 삶을 위해서 __

미래의 자산은 건강이다 283 | 명상은 삶의 태도로 산업으로까지 발전해 나갈 것이다 286 | 첨단으로 갈 곳은 더 첨단으로, 자연은 더 자연으로…… 288 | 나무를 심은 사람 290

환경, 빈곤은 우리 모두의 과제 __

지구 온난화와 물 부족 295 | 기후의 미래를 쥐고 있는 중국 297 | 배부른 제국과 굶주린 세계에서 식량전쟁이 일어나고 있다 299

이 책은 엮은이가 2009년 한 해 동안 읽은 책들 가운데 혼자 보기 아까운 책들만 골라 엮었습니다. 각각 주제별로 나뉘어져 있으며, 고딕체 부분은 엮은이의 생각을, 명조체 부분은 각각의 책에서 엮은이가 밑줄 그은 부분을 발췌하여 수록한 것입니다.

살 때는 전부를 살고 죽을 때는 전부가 죽어야 한다 __

봉하마을 화포천 빈 배는 화포천을 건너고 싶어 누군가를 하염없이 기다린다. 사진 이태정

혹, 미술천재일지도 모른다는 기대로, 벽에 낙서하는 것을 말리지 않았다. 아이는 크레용으로 자기 키 높이에 금을 그어가며 모든 방을 한 바퀴 돌았다. 꿈을 가지고 사는 것이 인생의 출발점이라고 본다. 인생의 시작, 꿈은 자극과 각성의 결성체이다. 꿈, 그것은 어디에서 오는가? 본능, 우연한 만남, 인물에 대한 동경, 경험 등 곳곳에서 꿈은 탄생한다.

우리의 꿈에 가장 크게 영향을 미치는 것은 책이다. 마틴 루터의 격문, 혁명을 탄생시킨 계몽주의 철학자들의 책 등등. 고고학의 아버지인 슐레이만은 「오딧세이 일리아드」를 보고 트로이 유물 발굴을 꿈꾸었으며, 주위의 온갖 조롱을 이기고 이루어냈다. 콜럼버스는 제노바 감옥에서 마르코폴로의 「동방견문록」을 읽고 대륙 발견을 향해 떠났다.

정조에게 발탁되어 남인의 차기 주자로 촉망받았지만, 정조의 죽음 후 18년 동안 유배당한 다산 정약용은 유배지 어느 선비 별장에 마련된 대형 서재에서 책을 탐독했다. 고향으로 돌아와 20여 년간 저술활동을 한 그는 「목민심서」를 비롯한 많은 글을 남길 수 있었다. 그는 두 아들에게도 간곡하게 독서를 권했다.

하나하나의 문장이 인생을 바꾼다.

자기 스스로 연설문, 강연문을 쓸 수 없는 사람은 지도자가 될 수 없다. 살아있는 말과 글은 독서와 사색의 결과이다. 진한 인생만큼 지혜를 낳는 데 적합한 것은 없겠지만, 독서를 통해서도 얻을 수 있다.

…… 추사 김정희(金正喜)는 글씨를 잘 쓰려면 "오천 권의 문자가 가슴에 있어야 한다"는 말로 책읽기를 장려했다. 다산 정약용(丁若鏞)은 유배지 강진에서 두 아들에게 편지를 보내면서 "너희들이 독서하는 것은 내 목숨을 살려주는 것"이라면서 폐족으로서 책읽기를 통해 집안을 일으키라고 당부했다.

―1 한 줄을 쓰기 전에 백 줄을 읽어라, 14쪽.

『가슴으로도 쓰고 손끝으로도 써라』, 안도현 지음, 한겨레출판 발행, 2009.

이슬람, 이슬람이 번성할 수 있었던 이유는 지식의 힘을 추구했기 때문이다.

이슬람은 8세기부터 18세기까지 거대한 대륙을 지배했다. 이슬람은 다른 종교에 대한 관용의 정책을 사용했고, 특히 지식 추구를 강조하였기 때문에 번성했다고 해도 과언이 아니다. 수학, 의학, 기하학, 천문학에서 큰 업적을 남겼다. 이러한 지식은 12세기부터 시작된 십자군 전쟁 이후, 유럽으로 건너가 계몽주의와 자연과학 탄생에 커다란 영향을 미쳤다.

칭기즈칸이 정복지마다 학교를 세우고, 기술자를 우대하고, 교육자에게는 세금을 받지 않았다는 것도 되새겨볼 일이다.

…… 코르도바에만 70곳의 도서관이 있었고, 그 중 하나는 구비된 장서가 40~50만 권 이었다. 바그다드에는 13세기에 30곳의 마드라사와 부속 도서관이 있었으며, 1500년의 다마스쿠스(Damascus)에는 150곳의 마드라사와 도서관이 있었다. 마라가(Maraghah) 관측소 부속 도서관은 40만 권의 장서를 보유하고 있었다고 한다. 10세기 카이로에 있던 또 다른 지혜의 집(Dar al-'ilm)은 200만 권을 소장했고, 그 중 18,000권이 과학 서적이었던 것으로 추정된다. 어느 소장가는 자신의 장서를 운반하려면 낙타 400마리가 필요하다고 자랑했다.

—5장, 꺼지지 않은 동방의 빛, 175쪽.

『과학과 기술로 본 세계사 강의』, 제임스 E. 메클렐란 3세, 해럴드 도른 지음, 전대호 옮김, 모티브북 발행, 2006.

교육은 백년대계(百年大計)라는 말이 있다. 교육에 의해 나라의 운명이 달라질 수도 있다는 것이다.

전쟁을 겪으면서 고된 생활을 일궈온 우리의 어버이들은 자식의 교육에 희망을 걸고 몸을 아끼지 않았다. 그 숭고한 교육열이 오늘날 발전의 원동력이 되었다.

요즘은 세계화에 발맞춰 외국어에 대한 교육열이 높아짐에 따라 기러기아빠들이 홀로 남아 유학간 식구들을 뒷바라지한다고 한다. 그 수가 유행처럼 늘어가고 있다고 한다.

예나 지금이나 우리 어버이들의 교육열은 높디높다. 옛날 어버이들의 교육열과, 지금 어버이들의 교육열은 무슨 차이가 있을까?

교육열이 높은 대한민국, 세계로, 세계로 뻗어나간다.

덕분에 나라의 운명이 어떻게 달라질까?

시작부터 무슬림들은 다국적이고 다민족적인 사회를 건설해야 하는 임무에 직면했다. 선견을 지닌 칼리프들은 다른 사회들과 비대결적 접촉, 특히 상업적 접촉을 권장했다. 무슬림 무역의 팽창으로 이슬람 사회는 인도에서부터 중국에 이르는 외부 세계의 영향을 받아들일 수 있었고, 그러한 교류는 교육의 발전을 촉진시켰으며, 지적 호기심을 강화시켰다. …… 전통적으로 예언자의 언행록으로 간주되어 신성하게 취급된 『하디스』에는 배움에 대한 강력한 찬사를 포함하고 있다.

지식을 구하라. …… 지식은 행복으로 가는 우리의 안내자이며 역경에 처할 때 힘을 준다. 지식은 친구를 모이게 하며 적들로부터 우리를 지켜준다. …… 학자의 잉크는 순교자의 피보다 신성하다. …… 지식을 추구하는 것이 모든 무슬림의 의무다…….

—2. 이슬람 신앙, 언어, 사상, 40~41쪽

『이슬람의 과학과 문명』, 하워드 R. 터너 지음, 정규영 옮김, 르네상스 발행, 2004.

지식은 머리에서 오고, 지혜는 가슴에서 온다.

누에로 말하면 책은 뽕잎이다. 누에가 뽕잎을 먹고 소화하면 실이 나고 비단이 된다. 실과 비단이 생각이고 지혜이다. 생각은 지식을 넣어 되새김질하고, 소화할 때 의미가 커진다.

<u>생각을 읽으면 사람이 보인다.</u>

지혜가 있는 깊은 생각은 인생을 바꾼다. 사람이 모이면 생각이 모이고 생각이 모이면 사상이 생기고 사상이 생기면 세상을 바꿀 수 있다.

깊은 산에 큰 짐승이 살 듯이
생각이 깊어야 그곳에 큰 생각이 둥지를 틀 수 있다.

−02 생각이 깊어야 큰 생각이 둥지를 튼다, 11쪽

생각이 자라 운명이 된다.

−22 생각이 자라 운명이 된다, 51쪽

세상에는 속일 수 없는 단 한 사람의 친구가 있다.
그 사람은 바로 자기 안의 친구이다.
……
우리는 자기 안에 있는 친구를 두려워하여야 한다.
……
자기 안의 친구를 두려워하는 사람은 고독하다.
그러나 두려운 친구가 있기에 그 사람은 허튼 길을 가지 않는다.

−32 자기 안의 친구, 71~72쪽

아이가 걸을 수 있는 것은 넘어지는 기술을 익혔기 때문이다.
넘어지는 기술이 일어나는 기술이기 때문이다.
실패의 쓰라린 경험 없이 성공에 이를 수가 없다.
걸음마를 배우는 아이들은 수백 수천 번을 넘어진다.

이것은 남들이 대신해 줄 수가 없는 것이다.

-40 스스로 넘어질 줄 아는 사람, 87~88쪽

세상에는 많아서 좋은 것이 있는 반면에,
많을수록 머리를 지끈거리게 하는 것들이 있다.
가령, 세상에 아버지가 많다면 어찌 되겠는가.

-41 생각은 보이지 않는 길과 같다, 89쪽

현명한 사람은 수석이 될 가치가 있는 돌이 아니고는
손에 쉽게 주워들지 않는다.
……
생각도 고를 줄 알아야 한다.

-60 생각도 고를 줄 알아야 한다, 129~130쪽

『생각을 읽으면 사람이 보인다』, 노희석 지음, 도서출판 답게 발행, 2005.

국회에서 정운찬 국무총리 후보자에 대한 인사청문회가 시작됐다. 정운찬 후보자를 두고 도덕성 논란이 뜨겁다. 또한 지금껏 가져왔던 학자로서 정운찬 후보자에 대한 존경심도 의문이 들고 있다. 물론 정운찬 후보자가 완벽한 인간이기를 바라는 것은 아니다. 하지만 그동안 학자와 교수로서 정운찬 후보자가 쌓아왔던 명망을 지키기 위해서라도 '결자해지'가 필요한 듯하다. 그것이 또한 '정승이 되기를' 바랐던 어머니의 뜻일 것이다. 정운찬 후보자는 잘못된 점을 집중 극복해야, 국민들로부터 평가받을 수 있는 기회를 가질 것이다.

약 3억 마리 정자 중 하나가 난자 한 개와 결합하여 한 인간이 생겨난다. 즉, 인간은 3억 대 1의 경쟁을 뚫고 태어나는 것이다. 인간의 유전자에는 수십만 년 동안 살면서 얻어진 지혜가 숨겨져 있다. 어떤 동물은 태어나자마자 서고, 걷고, 먹는 반면 인간은 걷는 데 1년, 말 배우는 데 3년, 공부하는 데 약 10년 이상 걸린다. 그럼에도 오류투성이다. 가장 진화한 인간도 자기 뇌세포의 10%도 못쓰고 죽는다. 성공, 평화에 이르는 길은 이 세상에 '나보다 똑똑한 사람이 많다'는 것을 이해하는 것이다.

성공에 이르는 가장 빠른 길은 오류를 발견할 수 있는 능력, 오류를 치유할 수 있는 능력이 무엇보다 중요하다. 그러기 위해선 '경청'이 필요하다. 듣고, 고치고, 발견해야 한다. 나날이 혁신하는 인간과 조직이 가장 강한 것이다. 다른 사람의 생각(지식)을 배우는 것, 내 생각을 버릴 수 있다는 생각이 성공과 평화의 핵심이다. '잘난 척 해봐야 남는 게 없다.'

잘못된 점을 집중 극복해야 한다.

워드를 책임지는 생산 그룹의 중간급 관리자였던 스티브 시노프스키가 프레젠테이션을 맡았다. 그는 "잘못된 점(Low Lights)"이라는 제목의 차트를 보여주며 발표를 시작했다. "잘못된 점"을 가장 먼저 발표하는 방식은 마이크로소프트의 전형적인 발표 형식이자 빌 게이츠의 요구사항이었다. 그런데 우리는 결국 이 차트 하나만 가지고 회의 시간을 모두 소진했다. 차트 내용은 워드가 전체적으로는 시장점유율이 증가하고 있지만 법조계를 대상으로 한 소비자 평가에서는 전혀 향상된 바가 없음을 보여주었다. 법조계 사람들은 워드프로세서의 기능을 완벽하게 세련되게 사용하는 집단인데, 그 곳에서 워드퍼펙트가 시장을 독점하고 있었다. 게이츠는 끊임없이 물었다. "가장 까다로운 소비자들이 우리 제품을 열등하다고 평가한다면 과연 우리가 이 시장을 석권할 수 있을까?" 우리는 문제의 원인인 워드의 복잡한 특성들에 대해 의견을 나누기 시작했고 결국 문제 해결을 위한 작전 계획을 세우기에 이르렀다. 프레젠테이션은 뒷부분에는 '잘된 점(High Lights)' 슬라이드도 포함되어 있었지만 우리는 시간이 모자라 그 내용을 다루지도 못했다. 윈도우의 엄청난 성공과 마이크로소프트 오피스 및 워드의 급성장으로 자아도취 분위기가 펼쳐질 것이라 생각했던 내 예상은 완전히 빗나갔고 오히려 끊임없는 개선을 주제로 한 회의가 진행되었던 것이다.

—주요 현안 : 성공은 사업의 심각한 취약점이다, 02 왜 이런 일이 일어날까?, 38~39쪽

『성공을 경영하라』, 로버트 J. 허볼드 지음, 진대제 옮김, 한국맥그로힐 발행, 2007.

노력하지 않으면 그 어떤 것도 이룰 수 없다. 세상에 쉬운 일이 어디 하나라도 있겠는가?

'시작이 반이다'라는 말이 있다. '포기하지 않으면 성공한다'는 믿음이 필요하다. 등산을 하다가 되돌아가면 그 얼마나 허무한가? 힘들더라도 정상에 올랐을 때 '올라오길 잘 했다'고 느끼는 게 등산이고, 인생이지 않을까 싶다.

<u>포기하지 않으면 이룰 수 있다.</u>

노력하면 이루어진다. 이 세상에 '인간의 노력'을 이기는 것은 아무것도 없다. '불운'이라는 친구도 언젠가는 '행운'이란 친구로 변한다.

역사상 가장 위대한 지도자 중 한 사람인 윈스턴 처칠은 중도에 포기하지 않는 사람으로 유명하다.

"우리는 끝까지 싸울 것이다. 프랑스에서 싸우고, 바다에서 싸우고, 하늘에서도 싸울 것이다. 우리는 어떤 대가를 치르더라도 우리의 영토를 지킬 것이다. 우리는 착륙 장소에서 싸울 것이고, 들과 거리에서 싸울 것이고, 산악에서 싸울 것이다. 우리는 결코 굴복하지 않을 것이다. 나로서는 도저히 용납할 수 없는 일이긴 하나, 설사 이 섬이 적의 수중에 들어가거나 식량이 끊긴다 하더라도 바다 건너 우리의 대영 제국이 영국 함대로 무장하고 투쟁을 지속하여 승리로 이끌어 낼 것이다."

―마지막 종이 울리기 전까지는 아직 끝난 것이 아니다, 24~25쪽

노르웨이의 생물학자이자 탐험가였던 프리조프 난센은 동료와 단 둘이 북극의 황무지를 가다가 길을 잃었다. 길을 헤매느라 식량을 다 써 버린 그들은 썰매 끄는 개를 한 마리씩 잡아먹었고, 개들이 쓰던 가죽덮개마저 먹어 치웠으며, 결국에는 등잔에 쓰는 고래 기름마저 먹어 버렸다.
난센의 동료는 힘든 역경을 이겨 내지 못하고 죽었다. 그러나 난센은 포기하지 않았다. 그는 스스로에게 "한 발 더 갈 수 있다"고 끊임없이 말했다. 그는 살을 에는 추위 속에서 한 걸음 내디뎠고, 마침내 어느 빙산 꼭대기에서 자신을 찾으러 나온 탐험대를 발견했다.

―목적지에 도달해서 무엇을 얻느냐 보다는 어떤 사람이 되느냐가 중요하다, 74쪽

『아무것도 못 가진 것이 기회가 된다』, 밴 크로치 지음, 윤규상 옮김, 큰나무 발행, 2002.

노벨문학상을 받은 장터의 '스피노자'란 책을 본 적이 있다. 오래되어 기억이 정확하진 않다. '인생이란 무엇이냐?'고 지혜로운 자에게 질문을 한다. 지혜로운 자는 '인생이란 하루살이와 불과 같은 것'이라고 말한다. 인생은 돈과 권력과 명예 없이는 살 수가 없다. 돈과 권력과 명예는 불과 같은 것이다. 하루살이에게 불이 너무 멀리 있으면 추워 얼어 죽고, 너무 가까이 있으면 타 죽는다. 그 사이를 끝없이 방황하는 것이 '인생'이다.

타 죽지 않고 살아갈 수 있는 것은 남을 보지 말고 자기 자신을 보는 것이다. 욕심으로부터 자유로워지는 것이다. 세상살이에서 한 발 물러서서, 먼저 자신을 이기려고 하자. 진정한 승리는 밖에 있는 것이 아니라, 바로 자신의 내면에 있는 것이다.

남을 이기려고 하지 말자.

세상살이에서 한 발 물러설 줄 모르면 불나방이 촛불에 뛰어드는 것과 같고, 숫양의 뿔이 울타리에 걸려 있는 꼴과 같다.

가장 좋은 것을 못 이루었을 때 그 다음으로 좋은 것이 무엇인가를 생각하는 사람은 못 이루었던 것을 이룰 수가 있다. 추위를 막고 따뜻한 잠을 자는 데 꼭 오리털이나 두툼한 솜이불을 덮어야 하는 것은 아니다.

－갈대꽃 이불로도 추위를 막는다, 18쪽

남을 이기려고 하지 말라. 대신 자신을 이기려고 하라. 그러면 패배란 없다. 오로지 승리만 있을 뿐이다. 진정한 승리는 밖에 있는 것이 아니라 바로 자신의 내면에 있다. 이것이 세상살이에서 한 발 물러서는 슬기다.

－편안함과 즐거움을 바라는가, 27쪽

『먼길을 가려는 사람은 신발을 고쳐 신는다』, 윤재근 지음, 나들목 발행, 1998.

만남과 헤어짐, 사람 때문에 흥하고, 사람 때문에 망한다 __

여름이 다가오는 화포천에 봉하의 하늘과 나무들이 얼굴을 비추어 본다. 사진 이태정

사람 때문에 흥하고 사람 때문에 망한다. 좋은 인연은 좋은 말, 좋은 행동이 가져다주는 선물이다. 자기를 진실로 사랑하는 사람은 남을 사랑한다. 병의 근원은 이기심이다. 양보하면 좋은 일이 생긴다. 나도 좋고 남도 좋은 일을 자주 하면 세상은 맑아진다.

<u>돕고 살자.</u>

진정한 친구를 가지고 있는가? 좋은 스승과 친구를 만나는 것만큼 중요한 것은 없다. 인생을 살면서 내가 남을 도울 수 있는 처지에 있는 시간과 남의 도움을 받아야 할 시간을 비교해 보면, 도울 수 있는 처지와 시간이 짧을 것이다. 돕고 살자, 반드시 돌아온다. 아니 돌아오지 않더라도 돕자.

어느 날 먹돌(전복들이 붙어살기 가장 좋은 검은 바닷돌)이 많은 바다가 매립되어 호텔이 들어서는 바람에 삶의 터전을 잃어버린 제주도 해녀들이 상경해서 노무현 국회의원을 찾았다. 그들의 애달픈 사연을 들은 노무현 의원은 방송사와 언론사에 소개했고, 보도가 나간 이후, 해녀들은 보상을 받았다. 그로부터 몇년 후, 노무현 대통령후보가 국민참여 경선으로 제주도에 내려갔을 때, 해녀들이 가장 먼저 달려왔다.

좋은 일 뒤에는 좋은 일이 온다.

사람은 무엇으로 사는가. 인연으로 산다. 주어진 인연에 충실하는 것에서 아름다운 인생이 시작된다.

관중은 중국 춘추시대 제나라의 영수에 살고 있었다. 그는 젊었을 때 대쪽 같은 성품의 포숙아와 친교를 나누었다.

― 제나라의 관중, 39쪽.

관중과 포숙은 손을 맞잡고 제양공의 두 아들 규와 소백을 나누어 가르치기로 굳게 약속을 했다. 이때 이들이 한 약속을 관포지교라고 하여 친구들의 굳은 우정을 표현할 때 쓰이는 고사성어가 되었다.

― 제나라의 관중, 44쪽.

제환공은 마침내 패자가 되었다. 관중은 제환공이 패자가 되자 부귀영화를 누리며 책을 집필하기 시작했다. 그가 집필한 책은 〈관자〉로 천하를 경영하고 패자가 되려는 사람들의 필독서가 되어 오늘날까지 널리 읽히고 있다.

……

세월이 유수같이 흘러 제나라를 패자로 만든 관중은 마침내 늙어서 죽음을 목전에 두었다. 그는 죽기 전에 제환공에게 유언을 남겼다.

― 제나라의 관중, 66쪽.

제환공은 눈물을 흘리며 약속했다. 관중은 유언을 마치자 파란만장한 자신의 일생을 접었다. 제나라 대부들과 백성들의 애도 속에 관중의 장례가 끝나자 그의 유언대로 요리사 역아와 환관 수조, 의원 당무, 공자 개방을 모두 국외로 추방했다.

－제나라의 관중, 68쪽.

제환공은 1년이 지나자 추방했던 네 사람을 모두 다시 불러들였다. …… 제환공은 관중의 예언이 공연한 것이라고 생각하게 되었다. 그러는 동안 제나라의 충신들인 영척, 습붕, 포숙아 등이 늙어서 죽자 제나라는 위기에 빠지게 되었다. 제환공에게는 여러 아들이 있었다. 그들은 각자 제환공의 후계자 자리를 놓고 치열하게 암투를 벌였다.

－제나라의 관중, 69쪽.

제환공은 비통한 눈물을 흘렸다. 역아, 수조, 당무, 개방은 관중이 예측했던 대로 제환공의 후궁과 결탁하여 정권을 잡으려고 혈안이 되었다. …… 그의 옆에는 시종들조차 출입이 금지되었다. 제환공은 하루 종일 사람을 볼 수 없는 방에 갇혀서 끝내 굶어 죽고 말았다. 제환공은 천하의 패자였으나 죽음은 그토록 비참했다.

－제나라의 관중, 70쪽.

『세상을 뒤바꾼 책사들의 이야기, 上, 중국편』, 이수광 지음, 일송포켓북 발행, 2009.

카프카의 글은 그가 살던 체코 프라하의 작은 골목과 방만큼이나 난해한 글이다. 또한 우울함, 알 수 없는 미래를 묘사한 글은 카프카의 '인생'만큼이나 묘하다. 카프카의 글은 사후에 세계적인 평가를 받았다. 브로트라는 친구가 있었기 때문이다.

고흐는 평생 자기 그림을 한 점밖에 팔지 못했다. 동생의 재정적인 후원이 없었다면 고흐의 명작 탄생은 불가능했다. 동생은 고흐가 죽자 고흐의 작품을 모아 보관했다. 그리고 자신의 아들에게 물려주었다. 그림을 물려받은 고흐의 조카는 2차 세계대전 중에도 그림을 지켰다. 이 조카는 먹고살기 힘들어 그림 몇 점 판 것에 대해 가책을 느꼈다고 한다.

당신은 그런 친구를 가졌는가? 당신은 이런 형제를 가졌는가? 이런 조카는 있는가?

좋은 인연은 서로 노력하지 않으면 만들어지지 않는다.

1902년 10월 23일 카프카는 독일 대학생들의 독서 및 연설 모임에서 브로트를 처음 만났다. ……

브로트는 언제나 망설이는 카프카에게 이 친구들의 모임에서 자신의 작품을 낭독하게끔 격려하고, 새로운 작품을 쓰도록 고무하고, 또 그것을 출판하도록 종용하며 다시 한번 카프카가 주위세계에 대해 자기폐쇄하는 것을 막는다. ……

건강이 상당히 악화된 1922년 11월 29일에 카프카는 자신의 중·단편작품들인 「선고」 「화부」 「변신」 「유형지에서」 「시골의사」, 단편집 『단식광대』 그리고 첫 번째 단편집 『관찰』 중 서너 개의 작품들에 대해 만족하면서, 브로트에게 이 작품들은 남겨 두어도 좋다는 뜻을 전한다. …… 카프카는 자신이 직접 출판한 작품들은 사후에도 계속 살려두고 싶어 했지만, 끝까지 마무리 지을 수 없었던 작품들은 모두 불에 태워 없애고 싶어 했다.

그러나 브로트는 대부분의 작품들을 불태워 없애 달라는 카프카의 유언을 집행하지 않았다. …… 카프카는 자신의 유언과는 달리 단편집 『관찰』에 들어 있는 몇 개의 작품들을 신문에 전재하고, 단편집 『단식광대』의 단편소설 세 편을 묶어 '디 슈미데' 출판사에 넘긴다. ……

그 중에서도 세 편의 장편소설 『실종자』 『소송』 『성』이 카프카 문학의 백미라는 것이다. 결국 이 작품들 덕택에 카프카는 소품의 명인에 그치지 않고 장편 서사작가로서의 명성을 되찾게 된다.

— 전체에 대한 열망, 카프카와 브로트, 28~31쪽

『프란츠 카프카』, 살림지식총서 52, 편영수 지음, 살림 발행, 2004

배우 최은희 씨가 북한에 납치되었고, 그 연인을 찾아 홍콩에 갔던 영화감독 신상옥 또한 납북되었다. 그 후 북한을 탈출해 아름다운 영화 인생을 꽃 피웠던 두 사람의 이야기는 참으로 감동적이다. 영화에 대한 열정과 서로에 대한 사랑을 가진 이 두 사람의 인생은 아주 멋진 한 편의 영화였다.

죽음이 나를 부를 때, 나의 인생은 어떤 영화로 남을 수 있을까?

최은희 씨의 말처럼 "내 인생은 아주 멋진 한 편의 영화였다"라고 말할 수 있을까? 그렇게 말할 수 있는 인생, 그 길 위에 우리는 서 있는 것일까?

나는 일을 사랑했고, 일에 미쳐서 살면서 진짜 배우가 되어 갔다. 내 삶이 어떠했든, 소문이 어떠했든 상관없었다. 죽기를 각오하면 죽지 않는다는 말이 있듯이 나는 몸을 사리지 않았기 때문에 죽지 않고 살아났다. 아주 오랜 후에 진짜 죽음을 맞이했을 때, 내 자손들에게 "내 인생은 멋진 한 편의 이야기였단다"라고 말해 줄 수 있는 사람이 되기 위해.

그런 순간 내게 다가오는 사랑의 발자국 소리가 있었다.

─005 은막의 스타, 최은희, 111쪽.

"…… 은희 씨는 내가 꿈꿔 오던 배우요. 은희 씨를 보고 있으면 앞으로 찍을 영화들이 자꾸 떠올라요. 상상력의 원천이라고나 할까? 앞으로 나와 영화를 해 보지 않겠소?"

영화를 함께 하자는 말이 그의 프러포즈였다. 사랑한다는 말보다 더 강렬하게 내 가슴을 흔들었다.

─005 은막의 스타, 최은희, 116쪽.

지난 시간들이 아득하게 여겨졌다. 내가 어떤 세월을 살아왔는지 아무것도 생각나지 않았다. 이전의 시간은 내게 무의미했다. 신 감독과 함께 있는 현재, 그리고 그와 함께할 미래만이 희망적으로 다가올 뿐이었다. 여인숙에서 치른 쓸쓸하고 초라한 결혼식, 그러나 우리는 세상을 다 얻은 것처럼 행복했다.

─005 은막의 스타, 최은희, 121쪽.

이후의 삶은 영화를 위한 삶이었다고 해도 과언이 아니다. 신 감독과 나는 하루 24시간 그림자처럼 같이 일하고 같이 들어왔다. 그는 감독이었고 나는 배우였다. 우리는 부부이자 동지로서 생활에 대한 이야기보다 영화에 대한 이야기를 더 많이 나눴다. ……

우리에 대한 비난은 여전했고, 매장당할 수 있는 분위기였지만 우리는 거기서 주저앉지 않고 과감하게 벽을 뚫고 나아갔다. 나는 최선을 다했기 때문에 양심에 부끄럽지 않았고 누가 뭐라 해도 당당할 수 있었다.

—005 은막의 스타, 최은희, 123쪽.

1959년 신 감독과 나는 「그 여자의 죄가 아니다」 「춘희」 「자매의 화원」 「독립협회와 청년 이승만」 「동심초」 등을 찍었고, 관객의 큰 호응을 받았다.

이제 나의 뇌리에서 옛 기억들은 다 사라지고 없었다. 신 감독과 함께 현재에 충실하면서 존중받는 사랑이 무엇인지 알게 되었고, 살아가는 기쁨과 보람을 얻게 되었다.

신 감독은 한국 영화사상 최초로 영화 산업의 기업화를 이끌어 낼 '신필름' 을 설립했고, 신감독과 나는 50년대 말부터 70년대까지 한국 영화의 큰 획을 긋는 수작들을 만들었다.

—005 은막의 스타, 최은희, 131~132쪽.

『최은희의 고백』, 최은희 지음, 랜덤하우스코리아 발행, 2007.

인생은 장애물 경기이다 __

봉하마을 달집태우기, 올해에도 액을 막고 풍년을 기원합니다. 사진 이태경

시련 없이 성공한 인생은 없다. 다 상처를 안고 치유하며 산다.

세상을 살다 보면 많은 일들이 일어난다. 어떤 일 때문에 인생이 달라지기도 하고, 어떤 일은 시간이 지나면 해결되기도 한다.

나 또한 지금 엄청난 파고를 헤치고 있는 중이다. 파도가 바닷가 모래톱을 향해 돌진해 오듯 한 고비가 넘어가면 또 다른 일들이 크게, 작게 끝없이 밀려 온다.

그때 나를 버티게 해준 것은 내가 가장 좋아하는 사람의 문자메시지였다. "고난은 온다. 다만 인간이 할 수 있는 것은 어떻게 마음먹느냐는 것 하나밖에 없다."

어려운 시련과 난관 앞에 나는 서 있다. 담담하게 받아들이고 의연하게 맞서가리라.

갑자기 조용필의 노래가 생각난다. '바람 속으로 걸어 갔어요. 이른 아침의 그 찻집'

찬바람, 너를 이용해 나는 내 인생의 연을 더높이 하늘 가까이 올리고 싶다.

방목하여 키우는 소들 가운데 '헤리퍼드' (Hereford)종은 극심한 추위를 견
뎌내는 능력이 탁월하기로 소문이 나 있다.

일반적으로 방목해서 키우는 소들은 혹한의 추위를 견디기 힘들 때 바람을 등
지고 서서히 이동한다고 한다. 그러다가 체온이 내려가 칼날 같은 냉기를 견
디지 못하고 쓰러지면 동사를 피하지 못하는 일이 다반사라는 것이다.

그러나 헤리퍼드종은 차가운 바람을 정면으로 맞으며 본능적으로 앞으로 나
간다. 고개를 숙이고 어깨를 맞댄 채 북쪽의 차가운 바람을 몸으로 받아내는
것이다. 놀라운 것은 헤리퍼드종은 단 한 마리도 추위로 죽지 않는다는 사실
이다.

─07 희망샘, 맞서나가기, 189쪽,

『뿌리 깊은 희망』, 차동엽 지음, 위즈앤비즈 발행, 2009.

마음이 무거울 때면 그 마음을 내려놓는 것이 당연한 것이다. 굳이 무거운 것을 들고 있을 필요는 없다.

좋은 일이 있을 때는 시간이 빨리 가고, 고통스런 시간은 더디고 느리게 간다. 시간을 임의대로 빨리 가게 하거나 느리게 가게 할 방법이 없다.

특히, 힘이 들 때 이 글이 와 닿았다.

'이것 또한 다 지나가고 나면 나이가 들겠지'

빈들에서, 외롭지만 꿋꿋이 천년을 버텨온 태백산 주목처럼.

이것 또한 지나가리라

어느 날 페르시아의 왕이 신하들에게
마음이 슬플 때는 기쁘게
기쁠 때는 슬프게 만드는 물건을
가져올 것을 명령했다.

신하들은 밤새 모여 앉아 토론한 끝에
마침내 반지 하나를 왕에게 바쳤다.
왕은 반지에 적힌 글귀를 읽고는
크게 웃음을 터뜨리며 만족해 했다.
반지에는 이런 글귀가 새겨져 있었다.
'이것 또한 지나가리라.'

슬픔이 그대의 삶으로 밀려와 마음을 흔들고
소중한 것들을 쓸어가 버릴 때면
그대 가슴에 대고 다만 말하라.
'이것 또한 지나가리라.'

행운이 그대에게 미소 짓고 기쁨과 환희로 가득할 때
근심 없는 날들이 스쳐갈 때면
세속적인 것들에만 의존하지 않도록

이 진실을 조용히 가슴에 새기라.

'이것 또한 지나가리라.'

─이것 또한 지나가리라, 랜터 윌슨 스미스, 28~29쪽.

『사랑하라 한번도 상처받지 않은 것처럼』, 류시화 엮음, 오래된미래 발행, 2005.

운이 다하면 죽을 것이고, 다하지 않으면 살아남을 것이다.

남아메리카로 가는 도중에 케이프타운 15마일 거리에서 어뢰 두 방을 맞았다. 선박은 난파당했고 망망대해에서 뗏목에 의지해 살아야 했다. 가장 기록적이고 극적인 이야기다.

133일을 바다에서 견딘 것을 대단하게 생각했다.

'자신의 운이 다하면 죽을 것이고, 다하지 않으면 무사히 살아남을 것'이란 담대함이 이 사람을 살렸다고 나는 생각한다.

시련 앞에서 담대해지자.

133일 동안 혼자 표류하고 살아남은 중국 선원 푼 림의 이야기는 "모든 뗏목 이야기들의 완결판"이라고 알려져 있다. 그가 탄 뗏목은 당시 여러 군함에서 흔하게 있던 종류였다. 이 뗏목은 큰 나무 침상처럼 생겼으며, 뗏목 한쪽 끝에는 식량을 넣은 사물함이 있었다. 모든 선박에는 비상시에 쓸 일정 숫자의 이 같은 뗏목이 있었다.

—6부 바다와 섬, 308쪽.

…… 그는 처음부터 자신의 운이 다하면 죽을 것이고, 다하지 않으면 무사히 살아남을 것이라고 예상했다.

—6부 바다와 섬, 311쪽.

『탐험의 시대』, 마크 젠키스 지음, 안소연 옮김, 지호 발행, 2008.

사도 베드로의 무덤과 로마 주교의 권력

베드로는 로마로 되돌아감으로 인해 불멸의 베드로가 되었다.

시련이 없었다면, 시련 앞에 당당하지 못했다면 오늘날 역사가 있었을까?

다 버리고 새 출발 할 수 있다는 생각만 가지면 시련을 극복할 수 있다.

죽음도 새로운 출발이다.

배추벌레가 나비가 되는 것이라 여기면 극복할 수 있다.

…… 이 유태인 신자의 직업은 어부였다. ……

…… 베드로는 로마로 와서 기독교 공동체를 이끌었다. 바울과 함께 그는 네로 황제의 박해의 제물이 되었고, 서기 64년 무렵에 순교자로서 죽음을 맞이했다.

…… 사도 베드로는 로마를 빠져나와 도망쳐 다니던 중 그리스도를 만난다. 베드로는 물었다. "주여, 어디로 가시나이까(Quo vadis, Domine)?" 그러자 예수는 이렇게 대답했다. "로마로 가노라, 다시 나를 십자가에 매달게 하기 위해서니라." 그러자 베드로는 로마로 돌아가서 체포되어 감옥에 갇히고 결국 십자가형에 처해졌다. 그러나 그 전에 그는 자신을 십자가에 거꾸로 매달아 줄 것을 청했다. 자신의 죄를 속죄하고, 예수의 머리가 놓인 같은 자리에 자기 머리가 놓일 가치가 없다는 사실을 보여 주기 위한 것이다.

ー카노사에서 아비뇽까지, 39~40쪽

『교황들ー하늘과 땅의 지배자』, 한스 크리스티안 후프 엮음, 김수은 옮김, 동화출판사 발행, 2009.

석가모니는 지금의 네팔과 인도 국경에 살던 석가족 출신의 왕자였다. 16세에 결혼하여 자식을 두었고 어려움없이 살았다. 29세에 출가하였고, 스승을 찾아다녔다. 극심한 고행을 하였다. 깨달음을 얻기 위한 수행으로 쌀 한 톨과 콩 반쪽만 먹었다. 넓적다리는 낙타다리처럼 바짝 말라갔고, 척추는 염주알처럼 울퉁불퉁 드러났고, 갈비뼈는 무너진 헌집의 서까래처럼 질서없이 늘어졌다. 뱃가죽이 허리뼈에 붙어 있었다. 마침내 보리수 아래에서 깨달음을 얻었다.

석가모니는 2500년 전에 '인간이란 무엇인가?'라는 의문을 가지고 광야로 나간 것이다. 왕자의 지위를 버리고, 부모를 떠나서, 부인과 아이 곁을 떠나서, 우리가 말하는 행복의 조건을 떠나서, 시련을 통해 한 완성된 인간이 탄생했다.

인간이란 무엇인가? 나는 누구인가?

지도자에게 휴식과 명상은 절대적으로 필요하다. 지도자가 바쁘고 분주하기만 하면 큰 미래는 없다. 큰 조직일수록 지도자는 쉬고, 생각하는 시간이 많아야 한다. 나라에 극단적인 일이 없는 한 선진국들의 지도자들은 휴가를 떠난다. 우리나라에선 난리가 날 일이다.

신중하고, 깊게 생각하여 하나 하나 결정을 내리는 것이 진정한 리더다.

젊은 부처는 네팔 국경 부근의 구릉지대 출신으로 땅을 소유한 유서 깊은 크샤트리아[전사계급] 일족인 사키야 부족의 왕자였다. 하지만 그는 왕자로서의 삶과 특권을 모두 포기했다. 그가 집을 떠나며 내세운 이유는 네 가지였다. 그는 노인, 눈먼 사람, 죽어가는 사람, 시체를 차례로 본 뒤[인도의 거리에서는 지금도 언제나 이런 광경을 볼 수 있다] 질병과 고통과 죽음을 겪어야 하는 인간의 현실을 깨달았다.

왕자는 고통을 끝내는 방법을 구하기 위해 자신이 누리던 모든 쾌락을 버리고 집을 떠났다. 자신의 인간성을 발견하기 위해 그 누구보다 가까운 사이인 사랑하는 아내와 아직 혼자 힘으로는 아무것도 할 수 없는 자식에게도 등을 돌렸다.

—2 생각의 힘 : 부처와 아소카왕, 95~96쪽.

이렇게 가족을 떠난 싯다르타 왕자는 자신의 몸을 괴롭히며 고행자의 삶을 살았다. ……

—2 생각의 힘 : 부처와 아소카왕, 98쪽.

『인도이야기』, 마이클우드 지음, 김승욱 옮김, 웅진지식하우스 발행, 2009.

나는 달린다, 맨발의 마라토너 아베베

모든 인간에게 시련은 온다. 그러나 신은 인간이 감당할 만큼 시련을 주신다고 한다. 힘든 시간이 올 때 나는 가끔 '신은 있는 것인가?'라고 되물을 때가 있다.

'신은 있다. 그 신은 노력하는 자의 편이다'

시련은 극복하라고 있는 것이다. 신은 노력하는 당신의 마음 속에 분명 있다.

1960년 로마 올림픽 마라톤 경주,
69명 중 무명의 흑인 주자 한명.

"맨발의 마라토너"
아베베 비킬라(Abebe Bikila)

2시간 15분 16초
세계 신기록,
아프리카인 최초 마라톤 우승.

4년 뒤 도쿄
올림픽 마라톤 경주,
······

······

올림픽 마라톤 최초 2연패.
더구나 그는 불과 경기 6주 전에
맹장수술을 받았다.

1896년, 1934년,
두 차례에 걸친 이탈리아의 침공.
고난과 시련의 조국 에티오피아······

"나의 조국이
강인하게 시련을 이겨냈다는 사실을
세계에 알리고 싶었다. "

……

교통사고로 하반신 마비.

"더이상 내 다리는 달릴 수 없지만
나에겐 아직 두 팔이 있다. "

맨발의 아베베
장애인 대회 참가
메달 획득.

−010 나는 달린다, 92~94쪽.

『지식 ⓔ』, EBS 지식 채널 ⓔ 제작팀 지음, 북하우스 발행, 2007.

<u>**살아야 한다, 나는 살아야 한다.**</u>

마르틴 그레이의 「살아야 한다, 나는 살아야 한다」는 독일에 의해 점령된 폴란드에서 한 소년이 겪는 고통, 그리고 미국으로 건너가 겪는 어려움과 그것을 이겨낸 이야기이다.

살면서 어려운 고비가 온다.

이 고비가 끝이길 바라지만 언젠가 또 다른 고비가 온다.

고비를 넘기면서 인생은 '마디'가 생긴다.

지혜와 강건함이라는 '마디'

…… 인생이란 장애물 경기다. 처음 장애물을 뛰어넘었더라도 그 너머에는 더 높은 장애물이 또 기다리고 있다. 그리고 그 너머에는 더 가깝고, 더 어려운 장애물이 다가온다. 숨을 돌릴 짬도 없다.

—50쪽.

『살아야 한다, 나는 살아야 한다』, 마르틴 그레이 지음, 김양희 옮김, 21세기북스 발행, 2009.

행복하게 살다가, 멋있게 죽자 __

봉하마을 생태연못 연꽃, 진흙탕에서 자라지만 진흙에 절대 물들지 않는다. <small>사진 이태정</small>

가족은 위대한 감동을 낳는다.

한 인간이 살면서 인류에 가장 크게 기여하는 것은 무엇일까? 결혼하고, 자식을 낳는 것 아닐까? 내 가까이에 있는 사람이 이런 말을 한 적이 있다.

일중독증환자, 그만하세요. 당신이 죽을 때, '아 그때 조금 더 했으면 더 좋은 벼슬을 할 수 있었을 텐데, 돈을 더 벌 수 있었을 텐데'라고 후회할 것 같아요? 아닙니다. 가족과 함께하지 못한 것을 후회합니다. 아이들이 크면, 놀자고 해도 놀아주지 않습니다. 정신 차리세요.

내가 아는 어느 CEO는 성공한 인생을 살았으나, 어느날 암 판정을 받았다. 모든 일을 그만두고 여행을 계속했다. 가족과 함께하지 못한 것이 제일 미안한 일이라고.

시골 장날, 나는 내가 좋아하는 껍질 깐 시래기, 나물 등을 산다. 거친 손, 주름진 얼굴들을 만난다. 이런저런 이야기를 하던 중 '자식이 없었다면 이곳에 나오지 않지'란 말이 가슴을 친다. 자식이 있음으로 인해 우리는 위대한 어머니가 되고, 아버지가 되는구나.

이런 사랑도 있음을 기억할 일이다. 2001년 미국 월드시리즈에서 애리조나를 승리로 이끈 투수 커트 실링에게 한 기자가 이렇게 물었다.

"당신은 뛰어난 실력에 비해 연봉이 너무 적다고 생각하지 않습니까?"

커트 실링은 이렇게 대답했다고 한다.

"내가 애리조나 팀을 선택한 이유는 무엇보다도 돔(dome)구장을 보유했기 때문입니다. 지붕이 있어서 햇빛이 강한 날에도 피부암에 걸린 제 아내가 언제든지 저의 경기를 지켜볼 수 있으니까요."

─06 희망의 울타리, 가족의 응원, 164쪽.

『뿌리 깊은 희망』, 차동엽 지음, 위즈앤비즈 발행, 2009.

어머니의 사랑, 가족 사랑

내가 어릴 적 어머니는 군수 딸에게 젖을 물렸다. 그 노력으로 아버지는 근근이 공직 생활을 할 수 있었다. 중학생이 되었을 때, 강원도에서 명문으로 알려진 원주 중학교로 전학을 가고 싶었다. 그때는 결원이 생겨야만 전학을 갈 수 있는 시기라 전학이 쉽지가 않았다. 그 무렵 어느 날, 늦은 밤 변소를 가려고 마당으로 나왔다. 뒤꼍을 보니, 장독대 앞에 그림자가 어른거렸다. 어머니였다. 어머니는 장독대에 정화수를 떠놓고 기도를 드리고 있었다. 내가 원주 중학교에 전학 갈 수 있게 해 달라며 쉴 새 없이 허리를 구부렸다. 그때 나는 가슴이 울컥하면서 눈시울이 뜨뜻해졌다. 달빛에 비친 어머니의 모습이 애처로웠다.

그때의 어머니 모습이 눈앞에 선하다. 어른거린다.

조선총독부가 있을 때
청계천변 10전 균일상 밥집 문턱엔
거지소녀가 거지장님 어버이를
이끌고 와 서 있었다
주인 영감이 소리를 질렀으나
태연하였다

어린 소녀는 어버이의 생일이라고
10전짜리 두 개를 보였다.

―김종삼, 「장편(掌篇)·2」 전문, 118쪽.

『김종삼 전집』, 장석주 엮음, 청하 발행, 1988.

잃어버린 아버지를 찾아서

가정에서 아버지가 사라졌다. '아버지 부재' 상태의 가정이 왜 생겼는가? 농사를 가르치고, 사냥하는 법을 가르치던 아버지는 어디 갔는가? 밤늦게 지친 몸을 이끌고 돌아오고, 새벽이면 다시 떠나고, 통장으로 입금되는 월급, 생활비 공급자로만 존재하는 아버지.

어릴 적, 아버지는 종종 자전거 뒤에 나를 태우고 낚시를 다녔다. 평창의 여만냇가는 우리가 즐겨 찾던 낚시터였다. 아버지는 물고기를 잡으시면서 내게 말했다. "훌륭한 사람이 되어야 한다." 밑도 끝도 없는 그 말을 지금도 기억한다. 뻔한 말도 언제 누구에게 들었느냐에 따라 오래 남는 법이다.

가족 사진 속에 아버지만 빠진 사진이 나오는 광고가 있다. 가족을 위해 늘 사진 밖에 계셨던 아버지, 내 기억 속에도 아버지보다는 어머니와의 추억이 더 많은 것 같다. 늘 아버지는 밖에서 일을 하시고 함께했던 기억이 낚시 갔던 기억 정도뿐이다.

지금의 내 가정을 봐도 그렇다. 가족 앨범 속에 내가 빠진, 아이들과 아내 사진이 훨씬 많다. 아버지 '당신이 행복입니다'라는 광고 카피가 마음에 와 닿는다. 어느 덧 나도 내 아버지처럼, 아버지가 되었다.

가정 속에서 사라진 아버지들처럼……

4백만 년 전에 선인류는 풍부한 초원지대인 아프리카에서 살았다.

—4장 부성혁명, 아버지들이 집으로 돌아오다, 69쪽.

유목생활은 대개 채집과 수렵 활동 모두를 필요로 했기 때문에 이들에게 있어 안전하고 안정된 장소는 지리적인 장소가 아닌 다른 어떤 것이었다. 즉 심리적인 장소였던 것이다. 그들이 돌아갈 장소는 가족이었고, 가족은 동료들이 다른 곳에 있을 때 느끼는 고통과 허전함을 채워주면서 함께 있고 싶은 욕구 같은 향수를 경험하게 해주었다. ……
가족에게로의 귀환은 어떤 의미에서 가족보다 먼저 발견되었다고 할 수 있다. 집의 발명이 집으로의 귀가 이후에야 만들어졌다는 것이다.

—4장 부성혁명, 아버지들이 집으로 돌아오다, 77쪽.

그리스와 로마가 통합 되었을 때, 로마는 그리스의 아버지를 적극적으로 수용했다. …… 그리스화 된 로마가 기독교로 개종했을 때에는 기독교를 통해 절대적인 하나님 아버지에 대한 숭배도 함께 물려받았다. …… 우리는 '처음에 아담이 나오고 그 다음에 이브가 등장하는' 유대기독교적 공리를 당연한 것으로 받아들이고 있다. …… 남녀 사이의 이런 불균형은 그리스 시대가 반복했던 남성 중심의 혈통의 보전과 장자상속권을 제도적으로 정착시켰다.

—11장 부성 신화, 남자만이 진정한 부모, 218쪽.

…… 로마의 아버지들은 자식의 전 일생에 걸쳐서 생사를 결정할 수 있는 권력을 가지고 있었고, 오직 죽음만이 아버지로부터 이러한 특권을 **빼앗을** 수 있었다.

─13장 부성의 권력, 단두대에 서다, 272쪽.

그리스의 아버지는 사회와 신화 속에서 영웅적인 인물들이었지만 자식의 교육과 관련해서는 거의 관여하지 않았고 가정교사들에게 이 일을 일임했다. 반면 로마의 아버지들은 자식들의 가장 훌륭한 교사였기 때문에 공적인 영역뿐만 아니라 사적인 영역에서도 영향력 있는 인물이었다. …… 학교라는 시스템은 아이들을 가정 밖으로 데려감으로써 자식들이 아버지의 권위로부터 영구히 멀어지는 계기를 만들어 주었다. 가정 내의 아버지의 절대권위와 국가에서의 왕의 절대권력의 붕괴는 여기에서 비롯된 필연적인 결과였다.

─13장 부성의 권력, 단두대에 서다, 291쪽.

아내와 아이들을 그의 권위가 닿을 수 없는 공장으로 멀어졌고, 이곳에서 새로운 위계질서를 습득했다.

─14장 혁명의 시대 불량한 아버지들, 299쪽.

소작농이 곡괭이를 집어던지고 공장 문을 드나들게 되던 날부터 그는 동시에 자식들의 시선이 닿을 수 없는 영역으로 사라지게 되었다. 동일한 운명은 차

차로 수공업 장인들과 대장장이들 그리고 목수들에게도 다가왔다.

－14장 혁명의 시대 불량한 아버지들, 300쪽.

산업화는 낮에는 아버지들을 공장으로 빨아들였다가 밤에는 작업장에서 그리 멀리 떨어지지 않은 공동숙소로 이들을 뱉어내었다. 가족들과 자식들에게 아버지는 점점 더 낯선 사람이 되어 갔다.

－14장 혁명의 시대 불량한 아버지들, 301쪽.

불만으로 가득 찬 가족들을 데리고 초라한 오두막으로 돌아갈 수 있는 아버지들은 아무도 없었다. 그에게 맡겨진 유일한 임무는 월급을 집으로 가져가는 것뿐이었다. 하지만 이 월급 역시 예전에 들판에서 일을 멈추고 나누어 먹던 수프처럼, 어느 날 마당 한편에서 키우던 돼지를 잡았던 것처럼 따뜻하고 행복한 것이 아니라 기계적이고 일상적이고 차가운 것이었다.

－14장 혁명의 시대 불량한 아버지들, 303쪽.

20세기 이르러 아버지는 가족의 생계를 책임지는 사람이라는 생각이 유럽과 미국 모두에서 강화되었다. 서구사회에서 현재 가장 선호되는 아버지의 이미지는 이런 부양자의 이미지이며, 이 이미지는 저개발 국가들로까지 확산되고 있다. …… 오늘날 대다수의 아버지들은 아주 적은 시간만을 자식들과 보내고 있지만, 그렇다고 해서 여기에 죄책감을 느끼지 않는다. 오히려 이들이 죄책감을 경험하는 것은 경제적은 능력을 발휘하지 못했을 때, 또는 자신의 능력이 경제적인 부를 창출하기에 부족할 때이다.

…… 집으로 귀가한 아버지들이 가져오는 것은 피로 물든 사슴이 아닌 때 묻은 **빨랫감**들이다.

ㅡ22장 가족의 생계만 책임지는 사람, 439쪽.

오늘날 아버지들은 자아의 성공보다는 자신의 경제적인 성공이 자식들에 의해 평가 받는 기초가 된다는 것을 알고 있다.

ㅡ22장 가족의 생계만 책임지는 사람, 446쪽.

『아버지란 무엇인가』, 루이지 조야 지음, 이은정 옮김, 르네상스 발행, 2009.

청나라 건륭황제의 건강비결

건강하게 사는 것은 본인이나 주변이나 나라를 위해 중요하다. 가만히 생각해보면 건강도 남의 것이다. 아프면 가장 먼저 가족 걱정이 된다. 건강 검진 받는 것이 두렵기도 하다. 건강 조차도 내 것이 아니다.

강희제, 옹제, 건륭은 중국 청나라를 융성하게 이끌었던 인물들이다. 이 중 건륭황제는 40여 년 간 통치했고 존경받는 인물이다. 청나라는 만주족이다. 콩이 많았다. 건륭은 콩 음식을 매일 먹었다. 두부 등을 먹으면 처음에는 살이 찌다가 1년 정도 지나면 살이 빠지고 강건해진다고 한다(미용과 감정에 좋다).

건륭황제의 건강 관리에 대해 소개한다. 모두가 건강하고 행복하게 살았으면 한다.

건륭황제는 양심전에 기거하면서 비교적 규칙적인 생활을 했다. 그는 매일 새벽 5시 전후(인시의 중간)정도에 일어나서 건청궁으로 갔다. 그리고 그곳에서 정좌하여 호흡을 조절했는데 초가 한 치 가량 타고 나면 날이 밝았다. 그리고 그는 아침 햇살을 맞으며 청신한 공기를 호흡하면서 산보를 시작했다.

일이 바쁘고 학습으로 인해 피곤하더라도, 건륭은 항상 하루에 두끼 만을 먹었다. 오전 6-7시 사이(인시의 중간과 진시의 시작)에 아침식사를 먹었으며 오후 2시 전후(미시의 중간)에는 대부분의 정무를 처리하고 저녁식사를 들었다. 식사가 끝나면 건륭황제는 산책을 하거나 가마를 탔으며 여름에는 배를 타고 노닐기를 즐겼다. 밤에는 가끔 과자 따위를 먹으며 9시 전후로 잠자리에 들었다. 자기 전에는 송령주, 연화백, 옥천지주, 귀령주 등의 술을 마셨는데 근육을 이완시키고 골격을 윤활시키는 건강 음료로서 사랑을 받았다.

산보는 훌륭하고 효과적인 양생법으로 혈액순환과 기혈운행을 촉진하며 근맥을 잘 통하게 한다. …… 산보는 정상적인 활동이자 일생의 기회라고 할 수 있으니, 이 역시 건륭의 장수비결 중 하나이다.

－황제의 양생방식, 254~255쪽.

…… 심사는 "빨리 걷지 말고 과로할 정도로 서있지 말며 태양을 등지고 서있지 말아야 한다"라고 주장했다.

－황제의 양생방식, 257쪽.

중국의 양생에 관한 명저인 『소문』에서는 "신장에 지병이 있으면 인시에 남쪽을 향하고 잡생각을 버린다. 그리고 입을 다물고 코로 숨을 들이 쉬지 않고 목을 빼들고서 단단한 물건을 삼키듯이 일곱 차례 숨을 삼킨다. 이렇게 하면 혀 아래에 침이 많이 고이게 된다. 토납운기는 질병을 예방하고 조화롭지 못한 기를 통하게 하며 몸을 건강하게 하고 백병을 예방한다"라고 적혀있다.

― 행복한 만년, 312~313쪽.

『건륭황제의 인생경영』, 시앙쓰 지음, 남경사범대학 중한문화연구중심 옮김, 세종서적 발행, 2007.

남을 돕고 사는 인생

완전한 삶은 있는 것일까? 그러한 인생이 있다면 무엇일까? 현재까지 내린 결론은 봉사하고 남을 돕고 사는 인생이다. 누군가 나를 필요로 하고, 남을 돕는 인생을 산다는 것은 불완전한 인간이 차츰 완전한 인간으로 성숙되어 가는 과정인 듯하다. 감동적인 구절이 머릿속을 떠나지 않는다.

"삶을 되돌아보았을 때 세상에 베푼 것이 없다고 느끼면 그 삶은 끝난 것이다."
미 해병대에 근무했던 부부가 네팔에서 봉사활동을 하게 된 이야기이다.

세계 최초로 에베레스트 산 등정에 성공한 에드먼드 힐러리는 영국에서 기사작위를 받았다. 힐러리는 불굴의 정신으로 에베레스트 등정 이후 북극과 남극을 탐험했다. 그러나 이보다 더 감동적인 것은 에베레스트 등정 이후 히말라야 원주민들을 돕는 봉사활동을 수십 년간 했다는 것이다.

우리는 무엇 때문에 사는가? 어떻게 살아야 하는가?
자기를 사랑하는 것이 남을 사랑하는 것이고, 남을 사랑하는 것이 자기를 사랑하는 것 아닐까.

카투만두 근처에 있는 라나 가문의 대저택에서 30여 년간 운영되던 산타 바완이라는 오래된 병원이 1982년 문들 닫았다. 그러다가 부다나트에 있는 티베트 난민촌의 외래환자 진료소로 다시금 문을 열게 되었고 나는 그곳에서 일년간 헌신적으로 일했다. 어렵사리 문을 열었지만 처음부터 재정적인 어려움에 부딪혔고, 건물 임대료를 낼 돈이 없어 진료소는 다시 폐쇄되게 되었다.

다시 문을 닫다니……. 나는 받아들일 수 없어 진료소 운영을 떠맡기로 했다. 분명 힘든 일이었지만, 일단 해보기로 결정하자 잔뜩 쌓인 미납 영수증이 가장 먼저 덤벼들었다.

…… 미국히말라야재단과 몇몇 개인이 후원에 나섰고 우리는 가까스로 꾸려 나가게 되었다.

초창기 환자의 대부분은 티베트 난민이었으나, 지금은 결핵 환자와 전국에서 온 3,000명이 넘는 외래 환자들이 우리 진료소의 작은 문으로 들어선다. 진료비는 60센트이다. ……

내게 당뇨 증세가 있다는 것은 오래 전부터 알고 있었지만 나 자신을 돌볼 시간이 없었다. 몸무게가 10킬로그램도 넘게 늘었다. 결국 23년의 진료소 생활을 마치고 아내 마리언과 나는 히말라야를 떠나 이전에 살았던 캘리포니아 리버무어로 돌아가기로 결정했다. 아내는 78세, 나는 81세였다. …… 그날 밤나는 잠을 이룰 수가 없었다. 마리언도 마찬가지였다. 우리는 새벽 4시에 일어나 서로 바라보았다. 그리고 아내가 말했다.

"우리는 양로원에 갈 수 없어요. 아직 준비가 안 되었어요. 우리는 네팔로 다시 가야 해요. 우리를 필요로 하는 곳으로요."

…… 삶을 되돌아 보았을 때 세상에 베푼 것이 없다고 느끼면 그 삶은 끝난 것

이다. 삶이 다할 때까지 나의 일을, 나의 진료소 가족을, 그리고 우리를 필요로 하는 고마운 환자들을 포기하지 않을 것이다.

—새로운 과거와 오래된 미래의 조화, 60센트의 기적, 227~229쪽.

『히말라야, 그들에겐 미래, 우리에겐 희망』, 리처드 C. 블럼, 에리카 스톤, 브로튼 코번 엮음, 김영범 옮김, 폴로엮은집 발행, 2009.

톨스토이와 도스토예프스키, 부와 가난의 운명

괴테나 세잔느, 피카소처럼 평생 잘 지내면서 불후의 명작을 남긴 예술가가 있는가 하면 정말 가난하고 힘든 상황을 딛고 명작을 남긴 이들도 있다.

톨스토이는 잘 지내면서 불후의 명작을 남긴 경우이고 도스토예프스키는 가난과 시련의 연속인 인생을 살았던 인물이다.

백작의 재산이 계속 불어났다는 것은 무척 흥미로운 일이다. 톨스토이는 자기 재산을 농노들에게 나누어 주려고 했다가 부인에게 구박당한다. 결국 실행에 옮기지 못하고, 본인은 금욕적인 생활을 한다.

여유가 있었던 톨스토이, 가난했던 도스토예프스키, 생존했던 시기의 명암은 있었지만 그들의 사상은 작품을 통해 영원히 살아있다.

그는 부유한 부모에게서 툴라 지방의 토지를 물려받았다. 그는 수많은 종복이 딸린 토지와 함께 60만 루블의 자산을 가진 부유한 사람이었다.

―5 러시아의 대문호, 톨스토이와 도스토예프스키, 575쪽

톨스토이는 채식만 했다. 소피아 안드레예브나는 이 코미디 같은 생활을 애틋한 방법으로 이끌었다. 그녀는 여러 가지 다양한 채소요리를 생각해냈다. 세상을 살기 좋게 하려는 이 사람의 옷 역시 소박해야 했음은 물론이다.

―5 러시아의 대문호, 톨스토이와 도스토예프스키, 578쪽

도스토예프스키의 삶에는 침침하고 불길하면서 형벌을 주는 어떤 힘이 드리워져 있었다. ……

그는 반역 음모에 가담한 혐의로 무고하게 감옥에 갇혀 사형선고를 받았다. 처형장인 세묘노프 광장에서 기둥에 묶였다. 표도르 마하일로비치는 죽음의 공포에 사로잡혔다. 그런 가운데서도 그는 처형대 위로 주저하지 않고 올라섰다. 남은 것은 마지막 사형집행 명령뿐이었다. 그때 수건이 나부꼈다. 사형집행이 중지됐다. 그 대신 시베리아 추방령이 떨어졌다. …… 시베리아 강제노동으로 바뀐 감형조치는 사형선고를 받은 사람들에게는 지겹고도 끔찍한 조치였다. 시베리아 유형은 죽음보다 가혹했을 것이다. 그런 운명을 겪은 일 없는 톨스토이가 시베리아 추방을 『부활』에서 대단한 리얼리즘의 필치로 그려낸 데 비해 도스토예프스키가 끔찍한 현실을 직접 체험했다는 것은 주목해

둘 일이다!

도스토예프스키는 그때의 기억 때문에 몇 달이고 몇 년이고 시달렸다. 내가 져야 할 십자가다. 마땅히 내가 당해야 할 일이다. 툴툴거릴 일이 아니다. 이 시기가 얼마나 끔찍했는지 아무에게도 밝히지 않겠다. 말로 표현할 수 없는 무한한 고통, 매 시간, 매 순간이 내 영혼을 바위처럼 짓누르고 있다. 나는 모든 순간을 느낀다. 나는 감방 속에 갇혀 있다. 내가 수백 페이지를 써낸다 해도 세상 사람들은 아무런 의미도 찾지 못할 것이다.

—5 러시아의 대문호, 톨스토이와 도스토예프스키, 581~582쪽

…… 동생과 아내를 빼앗아간 죽음을 벗하며 빚쟁이가 문을 두드리고, 정부와 정부의 반대자들에게 쫓기면서 고독과 가난, 질병에 시달리며 4년 동안 그는 『죄와벌』 『백치』 『악령』의 대작을 써내고 『카라마조프가의 형제들』을 구상했다.

—5 러시아의 대문호, 톨스토이와 도스토예프스키, 584쪽

『서양 위대한 창조자들의 역사』, 이바르 리스너 지음, 김동수 옮김, 살림 발행, 2005.

강력한 권력도 끝에 가서는 비단조차 뚫을 수 없다.

위대한 영웅이든 보통사람이든 공통점이 있다.

어디에서 왔는지는 알 수 없으나, 흙으로 돌아갈 것은 분명하다. 태어나고 죽고, 누군가를 만나고 헤어지며, 성장하면서 배워간다. 4계절이 있듯이 인생도 '생로병사', '흥망성쇠'처럼 4계절이 있다.

젊음도 그러하고, 인생도 그러하다. 특히 권력이 그러하다.

죽음은 체험해 볼 수가 없다. 구두쇠 스크루지 영감처럼 악몽같은 미래를 보고 현재의 자신을 깨닫고 반성할 수 있다면, 다시 잘 살 수 있을까? 그러나 그런 인생은 없다. 그리고 그런 권력도 없다.

"강력한 쇠뇌도 끝에 가서는 아주 얇은 노나라의 비단조차 뚫을 수 없고, 회오리바람도 그 마지막 힘은 가벼운 기러기 털도 움직일 수 없습니다. 처음부터 강력하지 않은 것이 아니라 끝에 가서는 힘이 쇠약해지기 때문입니다. 흉노를 치는 것은 불리하니 화친하는 편이 낫습니다."

―「한장유열전」, 124쪽.

『2천년의 강의―사마천 생각경영법』, 김원중, 강성민 지음, 글항아리 발행, 2008.

어떻게 남을 것인가.

언젠가는 죽는다. 자식에게 무엇을 남겨 줄 것인가? 자신의 묘비명에 무엇을 남길 것인가?

파주출판단지에서는 자서전을 보관하는 '영혼의 도서관'을 만들 계획이라고 한다. 고인이 살아있을 때부터 만드는 자서전은 영혼이 아로새겨지는 숭고한 책으로 역사에 남는다. 그렇게 된다면 아무래도 지금까지와는 달리 남은 생애 동안 진지한 삶을 살게 될 것이다.

피뢰침, 우체국 등을 발명한 미국 대통령인 벤저민 프랭클린은 어머니에게 쓴 편지에서 "어려운 사람을 도운 사람으로 기록되고 싶다"고 했다.

"여긴 시시한 곳입니다. 정글 안에 박힌 외딴 곳이에요." 부처의 제자들이 말했다. "어딘가 유명한 곳에 머무르면서 세상을 떠나시면 안 됩니까?"

"작은 곳이 적합하다." 부처는 이렇게 말했다.

—2 생각의 힘 : 부처와 아소카왕, 103쪽.

…… 부처는 제자들에게 자신의 가르침이 강을 건너는 배나 뗏목 같은 것에 불과하다고 항상 말했다. "일단 강을 건너고 나면 배를 들고 걸으려는 사람은 없다. 사람들은 물가에 배를 그대로 둔 채 앞으로 나아간다."

…… 그는 마지막으로 이런 말을 남겼다. "모든 것은 반드시 사라진다. 계속 노력하며 나아가라. 포기하지 마라."

—2 생각의 힘 : 부처와 아소카왕, 106쪽.

『인도이야기』, 마이클우드 지음, 김승욱 옮김, 웅진지식하우스 발행, 2009.

명상이 있는 인생, 행복은 내 안에 있다 ___

어둠이 내리는 봉하마을에 그리운듯 아쉬운듯 해그림자 한 줄 길게 내려앉는다. 사진 이태정

이영희 교수는 '새는 좌우의 날개로 난다'고 했다. 정은영 교수는 '심장은 왼쪽에 있다'는 것을 명심하라며 '따뜻한 가슴, 냉철한 머리'를 강조했다. 김대중 전 대통령은 '행동하는 양심'을 말했다. 어느 작가는 '생활은 좌파적으로, 생각은 우파적으로'라고 말했다. 법정 스님은 '맑은 가난'을 강조했다. 신영복 선생은 '가슴부터 머리까지 여행이 가장 먼 여행'이라고 말했다.

머리와 가슴과 손이 함께하는 인생이 되길……

가슴으로도 쓰고 손끝으로도 써라.

다른 사람의 심장을 뚫는 참 멋진 문장이다.

…… 재연 스님이 옮긴 인도의 고대시가 『수바시따』^(자음과모음, 2000)의 한 구절이다.

다른 사람의 심장을 뚫지 않고
고개를 끄덕이게 하지도 않는
시나 화살
도대체 무슨 소용이 있단 말인가?

─156쪽.

『가슴으로도 쓰고 손끝으로도 써라』, 안도현 지음, 한겨레출판 발행, 2009.

태백에서 샘 하나 정선으로 흘러들고, 평창에서 샘 하나 정선으로 내려와 아우라지에서 만난다. 오대산에서 우통수라는 샘 하나 다시 물을 섞는다. 또다시 정선 동면에서 시작한 물줄기도 물을 보탠다. 동강이 태어난다. 골짜기 샘들이 모여 서강을 만들고, 동강과 서강이 영월에서 만나 충주로 흘러간다.

어제의 나는 흘러 새로운 내가 되는가?

매일 진전하는 삶을 살고 있는 것인가?
자꾸 되묻는다.

강들이 흘러 흘러 바다에 도달하면
 '강' 이라는 이름을 버리고 바다와 하나가 되듯
진리를 알게 된 사람은
'이름' 과 '형태' 의 구속에서 풀려나
신성한 푸루사에 도달하게 되리라.

― 문다카 우파니샤드 , 113쪽.

『신들의 나라, 인간의 땅』, 고진하 지음, 비채 발행, 2009.

눈에 보이지 않는 것을 보는 지혜

사람은 '첫인상이 중요하다'고 한다. 그러나 차츰 '사람은 겪어봐야 안다'는 쪽에 동의하게 된다. 중요한 파트너를 결정할 때 더욱 그렇다. 한 인간의 전부를 이해하는 것은 불가능하다. 그러나 깊이 있게 아는 것은 매우 중요하다.

불량한 아버지를 보고 자란 딸이 아버지와 닮은 배우자를 찾고, 이혼하고 나서 다시 만난 상대가 예전의 사람과 비슷한 사람일 확률이 높다고 한다.

운명의 주파수일까? 아니면 관성일까?

사람을 깊이 알고 가치를 발견하는 것, 그 인재를 제대로 쓰는 것에 흥망이 놓여 있다.

어느 날, 아버지는 아들에게 소금을 가져다가 물이 담긴 통에 담그라고 한다. 그리고 다음날 아침에 보자고 한다. 아들은 아버지의 말씀대로 소금을 가져다가 물에 집어넣는다. 아침이 되자 아버지는 아들에게 소금을 담갔던 물에서 소금을 꺼내라고 말한다. 물론 아들은 물속에서 소금을 찾아내지 못한다. 아버지가 말한다.

"총명한 아들아, 너는 지금 물속에서 소금을 볼 수 없다. 그러나 소금은 그대로 그 안에 있다. 물맛을 보려무나."

……

"네가 물속에서 소금을 볼 수 없지만 그 존재는 여기 녹아 있다. 눈에 보이지 않는 그 미세한 존재. 그것을 세상 사람들은 아트만으로 삼고 있다. 그 존재가 곧 진리이다. 그 존재가 곧 아트만이다. 그것이 바로 너이다. 슈베타케투야."

―111~112쪽.

『신들의 나라, 인간의 땅』, 고진하 지음, 비채 발행, 2009.

세상에서 가장 소중한 것

톨스토이는 벽에 이런 글을 붙여놓고 살았다고 한다.

세상에서 가장 소중한 시간은?

세상에서 가장 소중한 일은?

세상에서 가장 소중한 사람은?

지금 이 시간.

지금 내가 하고 있는 일.

지금 내가 만나는 사람.

나는 그것을 넘어 진정 소중한 것에 대해 다시 한번 생각하게 되었다.

생명, 그것을 깨닫는 것은 아닐까.

큰 나무들이 빽빽한 숲으로 들어가면 신의 존재를 느낀다고 철학자 키케로가
말했던가.

—75쪽

중국의 한 영적 스승이 들려주는 다음의 이야기는 이처럼 황폐해진 우리의 내
면을 비춰주는 거울이다.

한 제자가 자기 영혼의 스승을 찾아가 물었다.
"스승님, 세상에서 가장 소중한 게 무엇입니까?"
"죽은 고양이다."
스승의 대답에 놀란 제자가 다시 물었다.
"어떻게 죽은 고양이를 귀하다고 말씀하십니까?"
"값이 없기 때문이다."
스승의 가르침을 듣고 제자는 깊은 깨달음을 얻었다고 전해진다.

정말 그렇다. 값없는 것들이야말로 정말 값진 것들이다. 햇빛, 공기, 바람, 나
무 그늘, 저녁놀, 수평선, 아가의 미소, 어머니의 사랑 등등 우리가 우주 만물
로부터 받아 누리는 값없는 것들의 목록을 헤아리자면 끝이 없다.

—77~78쪽.

『신들의 나라, 인간의 땅』, 고진하 지음, 비채 발행, 2009.

인생의 가장 먼 여행은 가슴에서 머리까지의 여행이다.

노무현 전 대통령이 돌아가시고 나서 체중이 11kg이나 빠졌다. 감옥에 있는 나에게 신영복 선생의 글은 차분한 열정을 가져다주었다. 감옥을 홍로처럼 자신을 단련하는 공간으로 삼자고 많이 많이 노력했다.

그 시간들이 사무치게 다가온다.

사랑의 가장 확실한 방법은 '함께 걸어가는 것' 입니다.
'장미' 가 아니라 함께 핀 '안개꽃' 입니다.

―안개꽃, 47쪽.

인생의 가장 먼 여행은
머리에서 가슴까지의 여행이라고 합니다.
냉철한 머리보다 따뜻한 가슴이
그만큼 더 어렵기 때문입니다.

―가장 먼 여행, 50쪽.

좋은 쇠는 뜨거운 화로에서
백 번 단련된 다음에 나오는 법이며(精金百鍊出紅爐),
매화는 추운 고통을 겪은 다음에
맑은 향기를 발하는 법이다(梅經寒苦發淸香).
……
감옥을 홍로(紅爐)처럼 자기 자신을 단련하는 공간으로 삼고,

―백련강(百鍊剛), 53쪽.

자동차를 타고 빠른 속도로 지나가는 사람에게
1미터의 코스모스 길은 한 개의 점(點)에 불과합니다.

그러나 천천히 걸어가는 사람에게는

이 가을을 남김없이 담을 수 있는

아름다운 꽃길이 됩니다.

　－속도는 가속으로 가속은 질주로 이어집니다, 77쪽.

바다는 모든 시내를 받아들입니다.

그래서 이름이 '바다' 입니다.

……

바다가 물을 모으는(能成其大) 비결은

자신을 가장 낮은 곳에 두는 데에 있습니다.

　－물은 낮은 곳으로 흘러서 바다가 됩니다, 109쪽.

『처음처럼』, 신영복 지음, 랜덤하우스코리아 발행, 2007.

강원도 산골에서 혼자 사시는 법정 스님. 문장 하나 하나가 가슴을 파고 든다.

지식은 기억으로부터 오지만 지혜는 명상으로부터 온다.

남과 비교하지 않고 자기 자신의 삶에 충실할 때 순수하게 존재할 수 있다.

풍요로운 삶! 욕심에 욕심이 더해지는 삶에는 충실하기가 어렵다. 산골에서 혼자 사시는 법정 스님의 문장 하나 하나가 가슴을 파고드는 이유는 삶에 충실하며 순수하게 살아가시기 때문이 아닐까?

지식이 아니라 지혜를 갖는 삶이 부럽다.

성 프란치스코는 수도자가 사는 집은 흙과 나무로만 되어야 한다고 말했다. 흙과 나무는 기본적인 소재이다. 흙과 나무로만 짓게 되면 자연히 검소한 집이 된다.

—소유의 비좁은 골방, 43쪽.

우리가 사는 세상을 사바세계라고 한다. 사바세계가 무슨 뜻인가. 그것은 산스크리트에서 온 것으로, 우리말로 하자면 참고 견뎌 나가는 세상이라는 뜻이다.

—가난한 삶, 55쪽.

우리가 산다는 것은 무엇인가. 그것은 기약할 수 없을 것이다. 내일 일을 누가 아는가. 이 다음 순간을 누가 아는가. 순간순간을 꽃처럼 새롭게 피어나는 습관을 들여야 한다. 매순간을 자기 영혼을 가꾸는 일에, 자기 영혼을 맑히는 일에 쓸 수 있어야 한다.

—수도자가 사는 집, 150쪽.

『산에는 꽃이 피네』, 법정 스님 말씀, 류시화 엮음, 문학의숲 발행, 2009.

인간의 탐욕은 모든 위험한 사태를 불러일으킨다.

인간의 탐욕은 전쟁을 일으키고 분쟁과 다툼을 만들어낸다. 더 많은 것을 가지기 위해 파괴하고 욕심을 채워나간다.

'아마존의 눈물' 이라는 다큐멘터리를 보며 인간의 탐욕이 얼마나 큰 불행을 만들어내는지를 보았다.

인간의 탐욕이 밀림을 파괴하고 아마존에 사는 부족들의 생명을 위협하는 것을 보며, 안타까움이 밀려왔다. 결국 탐욕은 가까운 미래에 우리 모두의 생명을 위협할 것이다.

인간 중심적이며 소비주의적인 세계관, 이는 탐욕을 낳고 탐욕은 우리가 사는 세상을 파괴해 나간다.

간디는 상호 의존적인 두 가지 가정이 이 위험한 사태들을 불러일으킨다고 본다. 첫째는 인간중심적인 우주관이다. …… 둘째는 소비주의적인 세계관이다.

―사회의 선각자들, 마하트마 간디, 21쪽.

"세계는 모든 사람의 필요를 충분히 채워주지만, 어느 누구의 탐욕도 충분히 채워주지 못한다."

―사회의 선각자들, 마하트마 간디, 22쪽.

『희망의 근거―21세기를 준비한 100인의 이야기』, 사티시 쿠마르, 프레디 화이트필드 지음, 채인택 옮김, 메디치미디어 발행, 2009.

진정한 은자는 황야로 간다.

스스로를 잃어버리는 것과 찾는 것은 우리의 마음에 달렸다.

항상 헛갈리기만 하는 어려운 문제는 항상 마음에 달렸다.

마음에 끌려다니는 것도, 마음을 움직이는 것도, 스스로의 일이다.

마음 속에는 모든 것이 있다.

웃음, 눈물, 천국, 지옥, 희망, 절망, 행복, 불행······

당신은 지금 어디쯤에 있는가.

홀로 사는 삶을 사십시오.

바로 자신의 삶을.

그리하면 우리는 진정한

인류의 친구일 수 있습니다.

—1912년 12월 25일 칼릴 지브란, 76쪽.

진정한 은자는

황야로 갑니다.

스스로를 잃어버리기 위해서가 아니라,

스스로를 찾기 위해서.

—1913년 10월 8일 칼릴 지브란, 79쪽.

스스로에 대해 생각하는 것은

두려운 일입니다.

그러나

그것은 단 하나 정직한 일.

있는 그대로 나 자신을 생각하는 것,

나의 추한 모습, 아름다운 모습, 그리고

거기서 문득 느끼는 경이로움.

이보다 더 견고한

출발점을 나는 알지 못합니다.

나 자신에서 말미암지 않고

어떻게 더 앞으로

나아갈 수 있습니까?

－1920년 9월 10일 메리 해스켈, 107쪽.

『보여줄 수 있는 사랑은 아주 작습니다』, 칼릴 지브란, 메리 해스켈 지음, 정은하 엮음, 진선출판사 발행,

1988.

세잔은 부잣집 아들로 태어나 살아있는 동안 화가로 성공했다. 그의 그림은 천문학적인 경제 가치를 갖는다.

평생 미술만을 생각하며 살아온 천재 세잔은 회화의 진실을 전달하겠다는 의무감에 사로잡혀 있었다. 마침내, 그는 자신의 감각을 실현하는 일에 성공했고, 그의 작업은 현대 미술의 새로운 지평이 되었다.

끊임없는 노력으로 경지에 이르는 그의 열정을 닮고 싶다.

폴 세잔은 1839년 1월 19일에 태어났고, 마리와 로즈라는 두 누이가 있었다. 아버지 루이 오귀스트는 모자사업으로 큰돈을 벌어 1848년 엑상프로방스에 유일한 은행을 설립했다.

…… 1852년에 엑스(엑상프로방스의 약어)에 있는 콜레주 부르봉(중학과정)에 입학하여 기숙사 생활을 했다. ……

에밀 졸라도 콜레주 부르봉의 학생이었다. 졸라는 아버지가 없는데다 병약했고 지독한 근시여서 동급생들에게 자주 괴롭힘을 당했다. 그때마다 덩치가 크고 힘이 센 세잔이 나타나 그를 구출해 주곤 했다. 세잔이 처음으로 개구쟁이들을 물리쳐준 다음날 졸라는 사과를 선물했다. 이렇게 해서 두 소년은 친한 친구가 되었고 이들의 우정은 1886년까지 계속 된다.

─14~15쪽.

19세기의 젊은 화가들은 자신의 작품을 알리고 또 이름을 얻을 기회가 살롱전밖에 없었다. 세잔과 그의 동료들은 새로운 사조를 받아들이기 거부하는 살롱의 보수적 심사위원들 때문에 늘 낙선의 고배를 마셔야만 했다.
고루한 살롱전에 구차하게 매달리지 말고 대중들 앞에 직접 작품을 내보이는 별도의 전시회를 열자는 혁명적 제안을 모네가 내놓았다. 그래서 인상파 전시회가 1874년 4월 15일에서 5월 15일까지 한달 동안 열리게 되었다. 에드가 드가, 기요맹, 모네, 베르테 모리소, 피사로, 르누아르, 시슬레, 그리고 세잔 등 약 30여 명의 화가가 이 전시회에 참가했는데 훗날 이들은 미술사에서 인상파 화가라고 불리게 된다.

당시 미술 비평가들은 그들의 작품을 이해하지 못했다. …… 인상파 화가들은 지적인 정직함이 없다는 비판을 받았고 심한 경우에는 제정신이냐는 소리까지 들었다.

—46~47쪽.

세잔은 1903년 1월 화상 앙브루아즈 볼라브에게 수줍게 고백한다. "저는 약간의 진경(進境)을 개척했습니다. 그렇지만 왜 이렇게 많은 시간과 어려움을 겪어야 했던 것입니까? 예술은 순수한 마음을 완전히 바쳐야만 그 결실을 볼 수 있는 사제직 같은 것입니까?"

—95쪽.

『세잔, 사과 하나로 시작된 현대 미술』, 미셸 오 지음, 이종인 옮김, 시공사 발행, 1996.

<u>우리가 간절히 바라는 풍요 속에는 많은 눈물이 숨어있다.</u>

현재에도 역사가 반복되고 있는 것은 우리가 깨닫지 못하기 때문이다. 안타까운 역사는, 되풀이되며 더욱 안타까운 역사로 맴돈다. 탐욕스런 빛으로 무장한 우리들의 희망을 안타까운 역사로부터 자유롭게 만들어야 한다.

100년 전의 아이티를 보고, 현재의 아이티를 본다. 안타까운 역사가 되풀이된다는 그 역사의 반복이 이번에는 계속되지 않기를 기도해 본다.

역사의 반복 속에서 자유로워지기를……

콜럼버스는 산살바도르의 환상 산호도에 처음 기착했을 때, 카리브해 지역의 비쳐보이는 듯한 색채, 짙푸른 풍경, 부드럽고 맑은 공기, 아름다운 작은 새들, '당당한 체격의' 젊은이들, 거기에 거주하고 있는 '진실로 훌륭하고, 대단히 온화한 사람들'에게 당혹했다. …… '나는 주의 깊게 행동하면서 금이 있나 없나 알려고 노력했다. 놀랍게도 그들 중 몇 사람이 코에 금 조각을 달고 있지 않은가. 나는 그들의 몸짓으로 남쪽으로 가거나, 혹은 섬을 빙 돌아 남쪽으로 가면 그곳에 큰 황금 그릇을 여러 개 갖고 있는 왕이 한 명 있고, 그 왕이 엄청난 양의 황금을 소유하고 있다는 것을 이해할 수 있었다." 왜냐하면 "황금은 재보이며 황금을 소유하고 있는 자는 이 세상에서 무슨 일이든 하고 싶은 일을 하고 영혼을 천국으로 돌려보내는 일조차 할 수 있기 때문이다."

ㅡ 제1장 금과 은의 붐, 62~63쪽.

『수탈된 대지』, E. 갈레아노 지음, 박광순 옮김, 범우사 발행, 1999.

비엔나 커피가 전쟁에서 정보를 제공한 대가로 생겼다는 이야기처럼 현대인들에게 각광받는 많은 것들의 유래에는 기막힌 역사가 숨어 있다.

사람도 마찬가지다. 시대를 잘 타고 나야 하고, 운이 좋아야 하고, 주변이 좋아야 하고 기타 등등 좋은 것들이 똘똘 뭉쳐야 주목받는 인생을 산다.

주목받는 인생에는 기막힌 이야기가 숨어 있기 마련이다.

커피의 원산지는 이디오피아로 알려져 있다. ……

기록에 의하면 이미 1511년에 이슬람의 성지 메카에서 성지 순례자들에게 커피를 팔고 있었던 것으로 전해진다. …… 무슬림들은 커피가 정신을 맑게 하고 피로를 회복시키며 열을 내리게 하는 데 효과가 있다고 생각하여 즐겨 마셨으며 도시 곳곳에 커피점이 성행했다. ……

1610년 터키를 여행했던 영국의 조지 샌디스는 "땟국물처럼 시커먼"이라는 표현을 쓰며 커피에 대해 더욱 경멸적인 태도를 취했다.
유럽에서 최초로 커피점이 문을 연 곳이 비엔나이다. 오스만 터키가 비엔나를 2차로 침공할 당시 오스만 터키 지배하에 있던 아르메니아인들이 오스트리아에게 터키군의 정보를 제공해 줌으로써 오스트리아는 간신히 터키군의 침공을 물리칠 수 있었다. 정보 제공의 대가로 오스트리아는 이미 커피 음용이 습관화되었으며 커피 제조 기술을 익히고 있던 아르메니아인들에게 비엔나에서 커피점을 열고 커피를 팔 수 있는 특권을 주었다.

－5 무슬림은 어떻게 살았을까, 커피의 고향 예멘, 130~132쪽.

『이슬람』, 이희수, 이원삼 외 지음, 청아출판사 발행, 2001.

법정 스님이 돌아본 주위에 있는 것들

법정 스님께서 돌아본 주위에 있는 것들에 대해 쓰신 글이다. 우리의 주위에는 어떠한 것들이 있는지 한번 돌아보자. 그리고 그것들과의 인연도 함께 생각해 보자.

단 한 번의 인연이며 순간이라고 생각한다면, 지금 이 시간, 이 순간이 일상의 아름다움을 발견하는 뜻 깊은 시간이 될 것이다.

첫째, 스승과 말벗이 될 수 있는 몇 권의 책이 있습니다. 고마운 존재들입니다.

둘째, 입이 출출하거나 무료해지려고 할 때 개울물 길어다 마시는 차가 있습니다. '내가 산중에 살면서 차 맛을 모른다면 무슨 재미로 살까?' 이런 생각을 문득문득 하게 됩니다. ……

셋째, …… 제가 굳어지려고 할 때 삶에 탄력을 주는 음악이 있습니다. ……

넷째, 제 일손을 기다리는 채소밭이 있습니다.

책과 차와 음악과 채소밭이 제 삶을 녹슬지 않게 받쳐 주고 있다는 사실이 새삼 고맙게 여겨졌습니다.

― 일기일회(一期一會), 47쪽.

모든 것이 일기일회입니다. 모든 순간은 생애 단 한번의 시간이며, 모든 만남은 생애 단 한 번의 인연입니다.

― 일기일회(一期一會), 49쪽.

『일기일회(一期一會)』, 법정 지음, 문학의숲 발행, 2009.

영웅을 찾고 만드는 나라 __

꽃이 져도 잊을 수 없는, 그리운 붓길 따라 노무현 전 대통령의 웃음이 되살아난다. 사진 이태정

지도자는 필요한가?

인간의 본성상 지도자를 필요로 하기 때문에 지도자의 존재가 필연적이라고 보는 견해와 지도자는 집단이 일을 수행하기 위한 도구로 생각하는 이론이 있다.

어떤 견해를 갖든 지도자, 그것도 좋은 지도자가 있을 때 조직, 나라에 도움이 된다는 것은 틀림없을 것이다. 역의 성립도 가능할 것이다. 많은 경우 흥하게 하는 것은 참 어려우나 망하게 하는 것은 쉽다.

지도자는 만들어지는가, 탄생하는가.

"될 성 부른 나무는 떡잎부터 알아본다", "낭중지추" 즉 우성인자이든, 노력을 했든 자질이 있는 인간이 있는 건 틀림없는 것 같다. 물론 운도 따른다.

그러나 독불장군은 없다.

지도자는 본인의 노력과 결단, 시련의 돌파가 있어야 하지만 누군가가 도와주어야 한다. 결코 혼자서는 지도자가 되지 못한다.

영웅을 찾고 만드는 나라를 만들자.

초등학교에도 반장이 필요하다. 과거에는 선생님이 몇가지 기준을 정해서 반장을 정하거나, 후보를 압축해 투표하곤 했다. 요즘 반장 선거는 아주 치열하다. 초등학교 반장 선거를 보면 떡볶이 집에 가서 귀여운 뇌물 공세도 하고, 온 가족이 모여 연설문도 쓴다. 웅변 연습도 한다. 선생님이 반장을 지정하는 것과 완전 자유 경쟁인 선거 중 어느 것이 옳은가는 별개 문제다. '질투는 나의 힘'만으로는 더 큰 나라로 도약하는 데 한계가 있다. 깎아내리고, 발목 잡지 말고, '누가누가 잘하나' 서로에게 관심을 가지는 사회가 되었으면 좋겠다.

지도자가 있으면 좋고 없으면 말고 하는 식의 무관심보다는, 영웅을 찾고 만드는 것을 나라와 조직의 전략 목표로 삼아야 한다.

우리는 존경할 만한 사람을 가지고 있는가? 그 분이 하는 말이라도 믿고 따라야지, 찾아가서 여쭤봐야지 하는 지도자가 있는가? 대통령은 그렇다 치고 총리도 여야가 흔쾌히 인정할 만한 사람이 있는가?

JC나 라이온스클럽은 다음번 회장이 정해져 훈련하는 시스템으로 운영된다. 기립 박수를 치는 문화, 학교 반장, 서클 리더가 대학 진학 때도 우대 받는 문화, 지도자를 발굴하고, 성장하고, 키우고, 일할 수 있게 만드는 나라, 이젠 시작해보자.

역사에서 가정은 의미 없는 것이라고 한다. 그러나 수 많은 사례를 보면 사건이 영웅을 만드는지, 영웅이 사건을 만드는 것인지는 불분명해도 지도자가 있고 없음에 따라 나라, 회사, 조직의 운명은 크게 달라졌다.

'정치와 역사와 나라의 운명은 있는가? 역사의 신은 있는가?' 라고 묻곤 한다. 척박한 역사의 운명을 바꾸고 개척하는 길은 영웅을 찾고 만들 때 '밝은 미래'의 가능성이 높아진다.

신라시대 장보고가 혁명에 성공했다면 한반도는 해상국가로의 길이 열렸을 것이다.

임진왜란 뒤 왕의 무능을 물어 정권이 바뀌었다면?

정약용 등 실학파가 성공했다면, 서양문물을 일본보다 먼저 받아들였다면 갑신정변이나 농민 전쟁이 성공했다면, 등등 아쉬움이 많다.

지도자가 모든 것을 다하는 것은 아니지만 진정한 지도자가 있었다면 하는 아쉬움이 남는다.

1799년 나폴레옹 보나파르트 장군이 대중들의 지지를 얻지 않았더라면, 프랑스혁명으로 의회공화국이 수립됨으로써 프랑스 역사를 한 세기 정도는 앞당길 수 있었을 것이다. 또 1914년 6월 살인청부업자가 사라예보에서 목표물을 제대로 맞히지 못했더라면, 1차 세계대전은 일어나지 않았을 것이다. 아니, 일어났다 해도 우리가 알고 있는 방식으로는 일어나지 않았을 것이다. 1941년 6월 히틀러가 러시아를 침공하지 않았더라면, 히틀러는 스페인의 프랑코 총통처럼 여전히 권력을 쥔채 자기 침대에서 편안하게 죽음을 맞았을 것이다. 같은 해에 일본이 미국이 아닌 러시아를 침공했더라면 미국은 전쟁에 가담하지 않았을 것이고, 그렇게 되었다면 후에 스페인이나 폴란드를 해방시키지 못한 것처럼 유럽도 해방시키지 못했을 것이다. 그리고 프랑스와 이탈리아를 비롯한 유럽 대부분의 지역이 최소한 1970년대 말까지 히틀러의 군화에 짓밟혀야 했을 것이다. …… 1984년 소련 공산당 서기장인 유리 안드로포프가 급사하지 않았고, 그의 후계자가 미하일 고르바초프가 아니라 예정대로 그리고리 로마노프로 정해졌다면, 소련은 아마 현재까지도 건재했을 것이다.

— 서문, 예측 가능한 미래의 역사, 9~10쪽.

『미래의 물결』, 자크 아탈리 지음, 양영란 옮김, 위즈덤하우스 발행, 2007.

120

시민들은 좌 · 우가 중요한 게 아니라 그들의 삶이 나아지길 바랄 뿐이다.

역사에는 민중파와 귀족파의 대결이 있어 왔다. 그리스 역사에는 인신을 담보로 돈을 빌리는 것을 없애고 부채 탕감을 주장한 '솔론', 서민도 극장을 무료로 다니게 하고, 중산층도 의회에 참여케 한 '페리크레스', 민중파 귀족들의 권리를 강화한 '카론'도 있었다.

민중파와 귀족파는 주도권을 놓고 각축을 벌였다. 로마의 역사 기록에도 '카이사르'와 집정관을 6번이나 한 그의 고모부는 민중파로 불리었다. 지금도 이 논쟁은 계속되고 있다. 기업에서도 주주와 오너와 전문 경영인 역할에 대해 근로자의 권익과 회사가치를 두고 논쟁을 해오고 있다.

지금 이 시간도 좌 · 우, 진보 · 보수의 논쟁은 이어지고 있다. 또, 문제를 해결하는 방법론에서도 '혁명을 하자는 쪽'과 혁명은 대체적으로 무질서와 반동을 불러왔기 때문에 '점진적인 사회 진보가 필요하다는 쪽'으로 나뉘어 논쟁을 해왔다.

영국과 프랑스는 노동자의 권리를 투쟁으로 얻었고, 독일 비스마르크는 혁명을 저지하기 위해 '국민연금', '고용보험' 등 노동자를 돕는 제도를 만들었다. 서유럽은 러시아 볼셰비키 혁명의 공포가 복지국가 진입을 앞당긴 측면도 있다. 뿐만 아니라 러시아 대문호 톨스토이는 통합주의적 세계관을, 도스토예프스키는 갈등주의 세계관을 갖고 있다고 분석한 주장도 있다.

개혁이냐 안정이냐? '개혁 피로증이다', '기득권 수호다'라는 논쟁도 있다.
기업도 혁신을 둘러싸고 논쟁이 한참이다.

좌든 우든, 진보든 보수든, 혁명이든 점진 개혁이든, 개혁 안정이든 통합주의 세계관이든, 갈등주의 세계관이든, 결론은 지금은 왕정을 하자는 사람도 없고, 공산주의를 하자는 사람도 없다.

논쟁의 시발점이자 원칙, 절대다수인 '시민들의 삶'이라는 목표에 천착할 필요가 있다. 참 쉬운 일이 아니다. 논쟁도 하고, 싸우기도 하자. 그러나 근본은 잊지 말아야 한다.

진정한 리더가 필요한 이유이다.

이제 우리는 좌우파의 스펙트럼에서 어디쯤 위치하고 있는가? 우파는 개인의 책임이 중요하며 긍정적인 행동이 긍정적인 결과로 연결된다고 하는 점에서 옳다. ……

그러나 좌파도 옳은 점이 있다. 부와 천부의 재능, 그리고 인종과 같은 출생이라는 복권福券은 경제적인 성과를 설명하는 데 매우 중요한 역할을 한다(그들의 개별적인 역할은 크지 않더라도). 복권에 문화적인 요소를 더 추가하면 출생 복권론은 더욱 설득력을 얻는다. 개인은 그가 어떤 문화 속에서 태어날지 선택할 수 없기 때문이다.

정책적 관점에서 보면 좌파도 우파도 효과적인 해결책을 제시하지 못하고 있다. 소득 재분배는 행동에 관한 문제를 해결해 주지 않는다(그러한 행동이 유전에서 왔거나 문화에서 왔거나 관계없이). 그리고 자유방임주의 시장도 수많은 사람들이 평생 빈곤에 허덕이는 것을 볼 때 전적으로 옳다고 할 수 없다.

…… 기회의 균등과 사회 안전망을 결합하는 시스템을 구축해야 한다고 밀러는 주장한다. …… 가난한 사람들을 부자가 되게 도와주는 것이지, 부자들을 경제적으로 응징하는 것이 되어서는 안 된다. ……

밀러는 롤스의 논리를 네 가지 구체적인 정책 제안으로 전환하였다. 첫째, 사람들이 민간 건강 보험에 들 수 있도록 세제 지원을 해줌으로써 모든 국민이 건강보험 혜택을 받도록 해주어야한다. 둘째, 교사 노조와 성과 보상 제도에 합의하는 대신, 교사의 급여를 획기적으로 인상함으로써 공교육, 특히 가난한 아이들을 위한 교육의 질을 제고 시켜야 한다. 셋째, 교육 예산 지출과 재산세를 분리시키고(재산세를 교육 예산에 연계시키면 부자 아이들이 가장 좋은 학교에 가게 된다) 전반적인 교육 투자를 늘리는 대신 바우처 시스템(사립

학교 등록금 대신 정부에서 발행한 공적 지불 증서를 제출하는 제도)을 통한 교육의 경쟁을 허용한다는 데 진보와 보수의 대합의를 이룸으로써 교육 체제를 개혁해야 한다. 넷째, 연방 정부는 저소득층을 위해 '최저 생활 임금'을 보장하여야 한다. 밀러는 이러한 정책을 시행하는 데 GDP의 2%를 사용할 것을 제안한다.

밀러가 말하는 롤스의 도덕적 논리는 공정성에 대한 우리의 강한 상호주의 원칙에도 부합된다. 근면과 도덕적 청렴성은 이러한 제안에 따라 보상받게 되겠지만 나태함은 보상받지 못할 것이며, 불운한 자는 관대한 대우를 받을 것이다.

— 18장 정치와 정책 : 좌우대결의 종말, 롤스의 논리와 정책, 694~696쪽.

『부의 기원』, 에릭 D. 바인하커 지음, 안현실, 정성철 옮김, 랜덤하우스코리아 발행, 2007.

독서는 생각을 만들고, 생각은 지도자를 만든다.

율곡 이이(1536~1584)는 파주시 율곡리가 본가이다. 아버지는 이원수, 어머니는 신사임당이다. 이원수와 신사임당은 내 고향 평창 봉평에서 신혼 살림을 꾸렸다. 이곳에서 율곡을 임신하였으며, 강릉으로 이사하였다. 이를 기리기 위해 만들어진 판관대라는 사당도 있다. 율곡은 강릉에서 태어났다(신사임당은 강릉 북평촌에서 출생했고, 친정이 강릉이다).

율곡은 과거에서 모두 아홉 번 장원급제하였다. 그리하여 그가 거리를 지나갈 때면 아이들까지 구도장원공(九度壯元公)이 지나간다고 우러러보았다. 약 20년 관직생활을 통하여 무려 40여 차례나 사직 상소를 올릴 정도로 오직 치국의 도를 펴기 위하여 혼신의 힘을 다할 뿐 결코 자리에 연연하지 않았다. 그때마다 조정의 부름을 받았다.

율곡은 금강산에서도 공부를 했다. 정선 레일바이크 타는 곳에 가면 노추산(1300m 정도)이 있다. 노추산에서 설총스님과 율곡이 공부를 했다고 한다. 노나라 공자, 추나라 맹자, 그래서 노추산이다. 산이 품위가 있다. 두 성인을 모신다는 '이성대'에 가면 석간수 맛이 참 좋다. 이곳을 등산하면서, '율곡은 무엇을 공부하기 위해 이곳까지 왔을까, 이 외딴 곳에서 무엇이 간절하였을까' 하는 생각이 들었다. 묻고 싶었다. 무엇을 깨달으셨는가요?

중국의 대역사가 사마천(司馬遷) 역시 독서를 두고 "하루에 두 시간만이라도 다른 세계에 살아서 그날그날의 번뇌를 끊어버릴 수 있다면 그것은 말할 것도 없이 육체적 감옥에 갇혀 있는 사람들로부터 부러움을 살 만한 특권을 얻는 것이다"라고 했다.

율곡은 독서란 죽어야 비로소 멈출 수 있는 평생의 과업이요 의무라고 생각했다. 일하지 않으면 독서하고 독서하지 않으면 일하는 것, 그것이 바로 율곡이 생각한 선비의 삶이었다.

율곡은 8살 때 화석정(파주 율곡리, 임진강을 바라보는 정자)에 올라 시를 지었다고 한다.

林亭秋已晚	숲속 정자에는 이미 가을이 깊었는데,
騷客意無窮	나그네 회포는 끝간 데 없네.

遠水連天碧	멀리 강물은 하늘에 닿아 푸르고,
霜楓向日紅	서리 내린 단풍이 해를 향해 더욱 붉다.

山吐孤輪月	산은 외로운 달을 토해내고
江含萬里風	강은 만리 바람을 머금었어라.

塞鴻何處去	변방의 기러기는 어디로 날아가는고?
聲斷暮雲中	울음소리조차 저녁 구름 속에 그쳐라.

독서의 중요성에 대해선 말할 필요가 없을 것 같다.

공부가 제대로 되어야 한다. 인문대 학생은 공대 학생에게 공돌이라 부르며, 인문 소양이 없다고 한다. 공대 학생은 인문대 학생에게 맨날 답도 없는 뻥치는 공부(수학처럼 정답이 없는)를 한다고 한다.

칼럼 등을 보면 지식의 편식을 알 수 있다. 기술의 흐름을 모르는 인문 지식은 정확성이 떨어

126

져 보이고, 인문 지식 없는 과학, 기술 관련 글은 통찰력이 부족한 느낌을 받는다.

지금으로부터 약 700년 전 이탈리아는 어떠했는가? 이탈리아 대학생들은 일곱가지 인문학, 3학(문법, 수사학, 논리학)과 4학(산술, 기하학, 천문학, 음악)을 이수해야만 의학, 신학 같은 전문분야의 고등학문을 연구할 수 있었다. 다재다능했던 레오나르도 다빈치가 그냥 생겨난 것은 아니다.

우리는 그들을 르네상스형 인간이라고 부른다.

문과, 이과가 합쳐져야 한다. 통합적 지식이 필요하다. 일제 시대 시험 과목과 크게 다르지도 않은 공무원, 회사 입사 시험에도 일대 변화가 있어야 한다. 고려 광종 때 과거시험엔 시무책 즉 나라의 과제를 시험 문제로 내서 아이디어를 구했다고 한다.

독서의 폭을 대폭 넓힌 지도자가 탄생해야 한다. 공부를 하는 품격 있는 지도자가 필요하다. 인도 최고 지도자 라다크리슈난은 인도철학사를 써서 세계적인 베스트셀러를 만들었다. 엘 고어 부통령이 미디어, 오락, 서정주의에 의해 죽어가는 민주주의에 대해 쓴 「이성의 위기」와 환경위기를 경고하는 다큐멘터리 「불편한 진실」을 보면서 배우는 바가 많다.

좀 특이한 경우지만 영국의 윈스턴 처칠은 노벨문학상을 받기도 했다.

공부는 늦춰서도 안 되고 성급하게 해서도 안 되며 죽은 뒤에야 끝나는 것이다. 만약 공부의 효과를 빨리 얻으려고 한다면 이 또한 이익을 탐하는 마음이다. 공부는 늦추지도 않고, 서두르지도 않으면서, 평생 동안 꾸준히 해나가야지 그렇게 하지 않고, 탐욕을 부린다면 부모가 물려준 이 몸이 형벌을 받고 치욕을 당하게 만드는 것이다. 그러므로 사람의 아들이라고 할 수 없다.

―5 평생토록 공부하라, 『율곡전서』〈자경문〉, 204쪽.

『율곡, 사람의 길을 말하다』, 한정주 지음, 예담 발행, 2008.

여행은 공부가 되고, 공부는 지도자를 만든다.

연설문을 직접 쓰는 지도자는 공부하는 지도자이다. 여행은 공부 방법 중 하나이다. 여행을 통해 지도자가 되고 인생을 바꾼 여러 역사적 인물들이 있다.

진화론으로 20세기를 달군 다윈은 배를 타고 해군의 지도 제작을 위한 업무에 참여하여 여행갈 기회를 얻었다. 여행을 하면서 갈라파고스 군도를 발견했고 그 탐험 여행의 경험을 기초로 진화론을 만들었다(물론 지렁이 하나를 관찰하는 여행 등도 충분히 했다).

괴테는 20대에 「젊은 베르테르의 슬픔」을 썼고, 독일 바이마르 공화국에서 10년 정도 장관직을 수행했다. 그는 자신의 생일날, 생일 파티에 가지 않고 여행을 떠났다. 여행을 간 곳이 이탈리아였고 그 곳에서 쓴 책이 「괴테의 이탈리아 기행」이다. 1787년 로마 시스티나 성당에서 교황 옥좌에서 낮잠을 자는 영광을 얻기도 했다. 작가 안데르센은 실의에 빠진 후 이탈리아 여행을 마치고 귀국 후 명작을 남겼다.

국부론을 쓴 아담 스미스는 스코틀랜드 사람인데 당시 여러 곳을 다니면서 강사 생활을 했다. 그것이 그가 자본주의를 이해하는 데 큰 도움을 준 것 같다. 관세를 거부했으면서 관세청장을 하기도 했다.

마르코 폴로의 여행은 「동방견문록」을 남겼고 이것이 동방 역사가 서양에 알려지는 새로운 지평을 여는 계기가 되었다.

플라톤은 부유한 집안에서 태어났다. 소크라테스가 죽자 실망하여(사법에 의한 살인) 12년간 여행을 떠났다. 피타고라스를 만나고, 이집트에도 갔다. 시실리를 방문했다가 시실리 군주 디오니시우스에게 채식을 강권한 것이 화근이 되어, 집으로 가던 중 에게에서 노예 경매장으로 끌려가게 된다. 이때 후원자가 나타났고, 가족과 친구들은 플라톤의 석방 기금을 마련해 왔는데 이 돈으로 아테네에 체육관 운동장이 딸린 집을 마련해 아카데미를 열었다. 문전성시였다.

러시아를 일으키고, 부동항을 열고, 페테르부르크를 건설한 피터 대제는 변복을 하고 네덜란드 등 유럽을 돌면서 직접 기술을 익혔다고 알려져 있다.

그러나 보는 것도 잘 보고 와야 한다. 임진왜란이 일어나기 전, 일본에 갔던 두 사람은 일본의 전쟁 준비에 대해 서로 다른 의견을 제시했다. 그 중 일본과의 전쟁은 없을 것이라는 의견을 선택한 조정은 전쟁에 대비하지 않았다. 우리 역사상 최악의 여행과 최악의 선택으로 남아있는 일화다.

조금 다른 예이지만, 시사저널 편집국장을 했던 서명숙씨는 프랑스 피레네 산맥을 넘어 스페인의 산티아고를 도보로 여행한 후 산티아고 길보다 더 아름답고 평화로운 길을 만들 수 있다고 생각하고 제주도 올레길을 만들고 있다.

다른 세계로 여행을 떠나자. 곤충의 세계이든 자연의 세계이든, 다른 곳으로 떠나자. 아는 것만큼 보고, 보는 것 만큼 안다는 말을 깨닫게 될 것이다.

오로지 책에 몰입한 독서가 세종은 "즉위하고도 손에서 책을 놓지 않아 수라를 들 때에도 반드시 책을 좌우에 펼쳐놓았고, 한밤중까지 책에 빠져 도무지 싫은 기색이 없었다"(『세종실록』 5년 12월 23일)고 한다. …… 오죽했으면 태종이 "과거를 준비하는 선비는 그럴 수 있지만, 임금이 되어 어찌 이토록 고생스레 책을 읽는단 말이냐"(『세종실록』 3년 11월 7일) 하고 거듭 책 읽기를 금지했을까?

－타고난 독서가 세종 그리고 금속활자, 56쪽.

이뿐이 아니다. 세종은 중국어를 배우는 데도 열심이었다. ……

－타고난 독서가 세종 그리고 금속활자, 59쪽.

『책벌레들 조선을 말하다』, 강명관 지음, 푸른역사 발행, 2007.

도전과 시련은 지도자를 단련시킨다 __

작은 야생화 주변에 모인 나뭇잎들은 매서운 바람에도 떠날 줄을 모른다.

지도자는 아무도 길이라 여기지 않는 곳에 도전한다. 도전에는 간혹 운도 따르겠지만 기본적으로 시련이 있을 수밖에 없다. 새로운 길이기에 가시덤불도 장애물도 많을 수밖에 없다. 신은 인간에게 감당할 만큼의 시련을 준다고 했다.

시련은 지도자를 단련시키는 과정이라고 했다. 분명한 것은 도전을 하고, 시련을 극복했을 때 그것은 새로운 길이 된다. 그 길과 더불어 지도자는 탄생한다.

후세는 그 길을 따라 또 다른 길을 만들어 나간다.

김구 선생은 앞선 이는 눈 쌓인 길을 걷는 것이라 하셨다. 눈 위에 찍힌 발자국은 뒤에 오는 이에게 이정표가 된다.

지도자는 길을 만드는 사람이다.

『이상한 나라의 앨리스』를 쓴 루이스 캐롤은 "어느 길을 갈지는 당신이 어디로 가고 싶은가에 달려 있다"고 말한 바 있다. 혹시 우리는 '완벽주의'라는 족쇄에 갇혀 스스로를 옥죄고 있지 않은가, 뭔가를 하기도 전에 '조금이라도 잘못되면 어쩌나' 지레 포기하지 않은가.

무엇이든 좋으니 긍정적이고 적극적으로 시도해 보자. 작은 실패가 모여 큰 성공을 이룬다고 했으니, 뭐 특별히 손해 볼 것도 없다. 일단 '경험주의'를 즐겨보는 것이다. 실제로 90세 이상의 미국 노인들에게 "지난 인생을 돌아보았을 때 가장 후회가 남는 게 무엇인가?"라고 묻자 90퍼센트가 "좀 더 모험을 해 보았더라면 좋았을 것"이라고 대답했다고 한다. 하물며 '푸른 청춘의 한 시기'를 건너고 있는 지금에야 무슨 말이 더 필요할까.

─완벽주의자보다 경험주의자 되라, 160쪽.

『시 읽는 CEO』, 고두현 지음, 21세기북스 발행, 2007.

버마의 아웅산 장군의 딸인 아웅산 수치 여사는 1960년 인도 대사로 부임하게 된 어머니를 따라 인도로 건너간 후 외국 생활을 계속했다. 외국에서 대학을 다니고 영국인과 결혼을 하고 평범한 주부로 살고 있었다. 그러나 어머니 병간호를 위해 조국 버마로 돌아왔다.

수치 여사는 정치에는 관심을 두지 않았다. 군부독재와 이에 따른 경제파탄, 인권유린이 있었고, 대학생들의 항쟁과 죽음으로 시민들은 분노했고 8888항쟁이 일어났다. 이를 지켜보면서 더 이상은 조국의 현실을 외면할 수 없었다. 민중들은 건국 지도자인 아웅산 장군의 딸 수치 여사를 원했다.

조국과 함께하게 된 수치 여사는 끊임없는 가택연금과 구금 속에서 생활해야 했다. 심지어 1999년 남편 마이클 에어리스가 사망했을 때 수치 여사는 장례식도 참석하지 못했다. 외국으로 나가면 군부가 버마 땅으로 다시는 들어오지 못하게 할 것을 염려해서였다.

아웅산 수치 여사의 가택연금 해금을 요구하는 열강의 요청에도 버마 정부는 묵묵부답이다.

진정한 어머니는 절대 아이들을 버려두지 않는다.

미얀마 민주화 운동의 상징 아웅산 장군의 딸

현재는 가택 연금 상태

아웅산 수치는 엄청난 압력에 시달리면서도, 미얀마를 떠나 해외에서 비폭력 운동을 이끄는 것을 거부한다. 그로 인해 미얀마 시민들이 낙담할 것이며, 다시 입국이 허용되지 않을 것이라는 사실을 잘 알기 때문이다. 수치는 나라의 어머니이며, 진정한 어머니는 절대 아이들을 버려두지 않는다.

— 사회적 선각자들, 아웅산 수치, 37쪽.

『희망의 근거—21세기를 준비한 100인의 이야기』, 사티시 쿠마르, 프레디 화이트필드 지음, 채인택 옮김, 메디치미디어 발행, 2009.

왕의 아들이란 지위는 모두가 부러워한다. 그러나 왕자라도 왕이 되느냐 죽느냐, 죽음을 모면 하느냐라는 절체절명의 위치이기도 하다.

영조는 목숨을 잃을 뻔한 시련을 결단을 통해 극복해 나갔다.

아랍에서는 18세기까지 왕의 아들이 몇이건 상관없이 후계자가 정해지면 나머지 아들들을 모두 처형했다. 분열을 없애기 위해서였다.

희빈 장씨를 총애하던 숙종은 이제 숙빈 최씨를 총애했다. 숙빈 최씨를 이용해 희빈 장씨를 견제하려던 서인의 공작은 성공했다.

…… 설상가상 갑술년 9월 13일에 숙빈 최씨는 둘째 아들을 낳았다. 그 아들이 훗날의 영조였다. 경종을 총애하던 숙종은 이제 영조를 총애했다. 경종에게 숙빈 최씨는 어머니를 잃게 만든 원수였고, 영조는 아버지의 사랑을 앗아간 원수나 마찬가지였다.

그러나 경종은 나약했다. 거기에 부왕 숙종의 정신적인 학대는 경종의 마음을 병들게 했다.

－이복형 경종의 죽음 앞에서, 영조, 290~291쪽.

숙종은 세상을 떠나기 3년 전에 '내가 죽은 후에 세자는 결코 왕의 임무를 감당할 수 없을 것이다' 라고 우려했었다. 그런 우려에도 불구하고 경종은 숙종의 뒤를 이어 왕위에 올랐다.

－이복형 경종의 죽음 앞에서, 영조, 306쪽.

…… 왕으로서 경종의 결격 사유는 경연뿐만이 아니었다. 일반 국정업무도 제대로 처리하지 못했다.

－이복형 경종의 죽음 앞에서, 영조, 311쪽.

경종이 경연을 포기한 이후, 노론은 사실상 경종을 포기했다. 이런 상황에서 노론 중진들 사이에서는 이른바 '건저建儲'라는 얘기가 은밀하게 나돌았다. 건저란 경종이 왕의 임무를 감당하지 못하니, 연잉군을 세제로 세워 왕의 임무를 대신 감당하게 하자는 얘기였다.

― 이복형 경종의 죽음 앞에서, 영조, 312쪽.

이날을 기점으로 노론들은 중앙정계에서 사라지기 시작했다. 표적이 되었던 노론 4대신은 면직되었다가 귀양을 가는 등 50여 명의 노론이 숙청되었다.

― 이복형 경종의 죽음 앞에서, 영조, 317쪽

불안해진 왕세제 연잉군은 대비에게 하소연하고 경종을 만나 노론들을 신원해줄 것을 요청했다. 경종은 그의 요청을 허락하는 명령서를 승정원에 내렸다. 그런데 박상검이 이를 다시 회수하여 찢어버리고는 왕세제가 경종을 만나기 위해 드나드는 문까지 폐쇄해 버렸다. 다급해진 왕세제 연잉군은 배수진을 칠 수밖에 없었다. 왕세제 연잉군은 12월 22일 환관이 자신을 죽이려 한다고 주장하며 왕세제를 사퇴하겠다는 의사를 밝혔다.

일개 환관으로 인해 왕의 후계자가 사퇴하겠다고 소동을 피우자 사태는 매우 심각해졌다. 환관의 발호를 억제해야 한다는 대의명분 앞에는 노론과 소론이 있을 수 없었다. 결국 박상검은 경종2년(1722) 1월 6일 사형에 처해졌다. 박상검에게 협력했다는 의심을 사던 환관, 궁녀들도 처형되었다. 김일경의 입장에서 보면 궐 밖에서는 환국에 성공했지만 가장 중요한 대궐 안의 후원자를 잃은 셈이었다.

ー이복형 경종의 죽음 앞에서, 영조, 318쪽.

…… 노론 4대신은 처음에 귀양에 처해졌다가 사약을 받고 죽었다. 이외에도 170여 명의 노론들이 죽음을 당하거나 처벌되었다. …… 이해가 임인년이었으니 이 사건을 '임인연옥'이라고 한다.

ー이복형 경종의 죽음 앞에서, 영조, 320쪽.

『왕을 위한 변명』, 신명호 지음, 김영사 발행, 2009.

시련을 이긴 사우디 아라비아의 건국자, 이븐 사우드

시련은 사람을 단단하게 만든다. 큰 시련은 사람을 더 크게 키울 수 있는 시험이며 기회이다. 그 기회를 잡고 성장해 나가면 큰 사람이 되며 그 시련 앞에 무릎을 꿇는다면 낙오자가 된다.

가까이에 우리나라에도 작년에 서거하신 김대중 전 대통령을 보면 알 수 있다. 인동초라고 불리우실 정도로 인생 자체가 큰 시련이었지만 결국은 그 시련을 이겨내고 큰 사람이 되셨다. 그리고 대통령이 되신 이후에도 관용을 베풀었다.

시련을 이기고 관용을 베푸는 사람이 큰 인물이 되고 영웅이 된다. 시련과 관용이 사우디 아라비아 건국자, 이븐 사우드를 만들어낸 것이다.

세계 최대 원유 생산국인 사우디아라비아를 건국한 이븐 사우드는 1880년 리야드 근교의 알 다르이야라는 마을에서 사우드 가문의 일원으로 태어났다. 사우드 가문은 사우디 반도의 중부 지역인 네즈드 지방을 기반으로 한 유력한 가문이었으며, 당시 북쪽의 하일 지역의 지배자 라쉬드 가문과 네즈드 지방의 통치권을 놓고 권력 투쟁을 벌이고 있었다. 1891년 이븐 사우드의 아버지 압둘 라흐만이 라쉬드 가문과의 전투에서 패하자 그는 소수의 추종자들과 가족을 데리고 리야드를 떠나 수밖에 없었다.

이븐 사우드의 가족은 남부 사막 지역의 알 무라 부족에 피신해 후일을 기약하게 되었다. 이때의 경험은 후일 사우디를 건국하는 과정에서 그의 인생과 성격 형성에 커다란 영향을 주었다. …… 1893년 쉐이크 무함마드 알 사바의 초청으로 쿠웨이트에 정착하였다.

― 이슬람을 움직이는 10인, 사우디라아비아의 건국자, 이븐 사우드, 288쪽.

1901년 초, 20대 초반이 된 이븐 사우드는 라쉬드 가문에 설욕할 기회를 마침내 갖게 되었다. 라쉬드 가문의 영토를 겨냥해 무바라크가 주도한 기습작전에 합류하게 된 것이다. …… 그러나 승리는 잠시뿐 3개월 후 또다시 리야드에서 철수하지 않을 수 없었다.

이븐 사우드는 곧바로 리야드 재탈환 계획을 세우기 시작했다. 라쉬드 가문이 병력의 대부분을 투입하여 쿠웨이트를 공격하는 틈을 노려 소수 정예병력으로 리야드를 공격한 것이다. 그의 공격은 예상대로 적중하여 1902년 1월 마침내 리야드를 재탈환하는 데 성공했다.

그러나 두 가문간의 피 비린내나는 전투는 1906년 이븐 라쉬드가 전사할 때까지 계속되었다. ……

이븐 사우드는 다른 부족을 정복하면서도 그들에게 매우 관대했던 것으로 유명하다.

— 이슬람을 움직이는 10인, 사우디아라비아의 건국자, 이븐 사우드, 289~290쪽.

1932년 9월 22일 이슬람의 종주국이자 세계 최대 산유국인 사우디아라비아 왕국의 건국을 공식 선포했다.

…… 그리고 1933년 석유개발을 시작함으로써 불모의 땅을 최대 산유국으로 발전시키고 근대화의 초석을 다졌던 지도자였다.

— 이슬람을 움직이는 10인, 사우디아라비아의 건국자, 이븐 사우드, 291쪽.

『이슬람』, 이희수, 이원삼 외 지음, 청아출판사 발행, 2001.

통합의 지도자가 대업을 이룬다 __

노무현 전 대통령, 그가 떠나간 길에 그리움처럼 나뭇잎들 우수수 내려앉았다.

통합하면 아름답다. 감동이 있다. 통합하면 힘이 생긴다. 통합하면 지혜가 생긴다. 통합하면 민심과 세력과 지혜가 얻어지기에 대업을 이룰 수 있다.

모든 것은 마음먹기에 달렸다. 마음을 크게 쓰면 우주를 담을 수 있고, 적게 쓰면 바늘 하나 꽂을 곳이 없는 법이다.

반면, 분열하면 피곤하다. 분열하면 힘이 약화된다. 분열하면 투쟁이 생긴다. 분열하면 쓰러지는 일만 남는 것이다. 개인도 기업도 나라도 마찬가지이다.

예수는 '분열된 땅 위엔 아무것도 지을 수 없다'고 했다. 통합은 마음씨 좋은 행위가 아니라 생존과 번영을 위한 전략이다. 로마의 성공은 통합에 있었다. 시오노 나나미는 로마에 대해 말한다.

"지성에서는 그리스인보다 못하고, 체력에서는 켈트인(인도 유럽어족 일파)이나 게르만 민족보다 못하고, 기술력에서는 에트루리아(고대 이탈리아)인보다 못하고, 경제력에서는 카르타고(오늘날 튀니지)인보다 뒤떨어진 로마인"들이었다.

그럼에도 어떻게 로마가 지중해의 패권자가 되어 천년제국을 건설할 수 있었는가?

로마가 융성한 원인은 법과 제도에서 찾을 수 있다. 로마는 왕정시대에도 왕을 민회에서 선출했다. 공화정 이후에도 원로원, 집정관 등 각종 공직은 선거제도를 통해 구성되었다. 또한 로마제국은 관용정책을 구사했다. 점령지 부족에게 그들의 종교를 인정하고, 시민권을 주어 로마 시민이 된다는 자긍심을 갖게 했다. 통합과 관용이 천년 로마를 만들었다.

오바마 대통령은 대선 경쟁 상대였던 힐러리를 국무장관으로 임명했다. 그것도 인사권을 전부 주고 포용했다. 여야 의원들에게 일일이 전화를 해서 화제가 되었다. 나이 47살의 미국 대통령이 어른스러운 통합의 리더십으로 아메리카 합중국의 미래를 이끌어 가고 있다.

통합의 지도자가 대업을 이룬다.

로마의 전성기를 이끈 오현제(五賢帝) 가운데 세 황제인데, 트라야누스와 하드리아누스는 지금의 스페인인 히스파니아 출신이고, 안토니우스 파우스는 지금의 프랑스 땅인 갈리아 출신이다. 로마에 뿌리를 두지 않은 일종의 아웃사이더 또는 속주 출신이다.

로마는 속주 출신이라도 능력이 있으면 황제로 옹립했다. 로마인들의 통합정신과 현실주의라고 할 수 있다. 로마와 로마 사람들은 이들의 능력을 믿었고, 그들은 최선을 바쳐 로마를 황금시대로 이끌었다.

…… "위기에 처한 미국은 변방출신 오바마를 새 대통령으로 선택했다. 로마는 속주 출신 트라야누스를 황제로 내세워 최고의 번영을 누렸다. 위기를 기회로 만든 로마인들의 지혜를 오늘 우리의 것으로!"라는 카피를 만들어 넣었다. 미국의 선택과 실험이 세계를 변화시킬 수 있을까. '팍스 아메리카나'가 구현될 수 있을까.

—296쪽.

『책의 공화국에서』, 김언호 지음, 한길사 발행, 2009.

수의 양제가 죽고, 618년 이연이 당나라를 세운다. 그에게는 세아들 태자 건성, 세민, 원길이 있었다. 이세민은 아버지를 도와 당나라를 세우는 데 공을 세운다. 당나라를 세운 후 돌궐이 다시 침입을 하자 이세민은 출정하여 공을 세우고 돌아온다. 그의 형제들은 이세민을 독살하려 했으나 실패했다. 이세민은 태자 건성과 동생 원길을 죽이고, 626년 황제 자리에 오른다 (당태종).

이세민은 죽은 건성과 원길의 아들까지 모두 죽였다. 그리고 태자 건성을 위해 자신을 죽이려고 했던 위징을 재상으로 삼았다.

통합을 향한 통 큰 결정이 있고 난 후 수많은 인재들이 국정을 도왔다.

당태종은 이후 전성기를 이끌었다. 당태종과 신하 사이의 정치적 토론 등 이야기를 오긍이라는 역사가가 편찬한 것이 『정관정요』이다.

<u>진정한 통합과 관용이 있는 '오늘'이 희망을 불러온다.</u>

조정신료들은 재능과 품성이 뛰어난 인물들을 천거하라. 그리고 관직에 오르기를 원치 않은 명조의 유신들을 도성으로 청하여 중용하라.

섬서총독 악선(鄂善)은 강희제의 교지에 따라 섬서가 고향인 유명학자 이곽(李鐣)을 천거했다. 하지만 명조의 유신이었던 이곽은 2명의 군주를 섬길수 없다며 앉은뱅이 노릇을 하며 일어나지 않았다.

강희제는 이곽처럼 덕망과 학문을 겸비한 명조의 유신들을 포용하는 것이 천하를 통치하고 사회를 안정시키는 데 큰 도움이 될 것이라 생각했다. 이에 이곽의 거절에도 실망하지 않고 인내심을 갖고 기다리기를 그치지 않았다.

강희 17년에 과거제도와 헌납제도를 부활하고 한족 출신의 젊은 지식인들을 육성하기 위한 계획을 마련하는 한편 반청(反淸) 정서를 지닌 학자들을 발탁하기 위한 박학홍사과라는 과거 특례제도를 신설한 것도 이와 같은 맥락이었다.

－41~42쪽.

당시 지역주의 혹은 당파주의적인 관념에 젖어 있던 일부 신료들이 연안 일대에는 학문이 뛰어난 선비가 없다고 주장했다. 또 남방지역 사람은 경박하니 등용해서는 안 된다고 말하는 신료도 있었다. 이런 말을 들은 강희제는 그들을 엄히 꾸짖으며 말했다.

"누구든 자신의 장소를 선택하여 태어나는 것이 아닌 법인데, 산골짜기나 변방이라 하여 어찌 인재가 없겠는가? 남방지역 사람이라고 모두 경박하여 등

용할 수 없는 사람들뿐이겠느냐? 자고로 유용한 인재와 장수들을 어찌 남북을 구분하여 얻었단 말인가!"

강희제는 이러한 생각을 행동으로 옮겨 전국적으로 인재를 발탁하기로 결심했다. ……

이는 지식과 인재를 중시했던 강희제가 나라의 안정과 통치에 탁월한 안목을 지닌 황제였음을 증명하는 예이기도 하다.

-45~46쪽.

『인재경』, 즈가오 지음, 한정은 옮김, 파라북스 발행, 2005.

정치는 권력 투쟁이다. 물론, 권력은 피도 나눈다. 자식과 부인과 형제 사이에서도 살육이 일어난다. '권력은 둘로 나눌 수 없다'는 것이 고금의 역사였다. 오스만투르크의 경우, 18세기까지 한 왕자가 후계자에 오르면 나머지 형제들은 모두 죽이는 게 관습이었다.

그러나 이제는 이 투쟁이 스포츠 경기처럼 치열하게, 그러나 끝난 후에는 깨끗하게 서로를 인정하는 게임이 되어야 한다.

2000년 전에도 알렉산더는 적장 다리우스를 예우했다.

다리우스는 북쪽의 산간지방으로 피신해 알렉산드로스에 대항해 게릴라전을 펼칠 것이라고 공언했다. 그러나 완전히 용기를 잃은 다리우스는 제대로 된 도전을 다시는 꾀할 수 없었으며 애석한 종말을 맞이했다. 전투가 끝나고 1년이 지나지 않아 다리우스의 사촌이자 부하 장군이었던 베수스(Bessaus)가 그를 배신하게 된다. 베수스는 다리우스를 사슬로 묶어놓고 창으로 수십 번 찌르고 내동댕이 쳐 버렸다.

－Chapter 23 알렉산드로스 대왕 VS 다리우스 3세, 485쪽.

몇 시간 후 알렉산드로스는 라이벌의 시체로 안내되었다. 그는 무릎을 꿇고 자신의 보랏빛 망토를 다리우스에게 덮어주고는 시체를 페르세폴리스로 이송시켜 국장을 치를 것을 명령했다. 그리고는 복수심으로 배수스를 추적했다. BC 392년 알렉산드로스는 베수스를 찾아내 코와 귀를 잘라냈다. 이것은 국왕 시해자에게 내려지는 페르시아의 전통적인 형벌이었다. 비록 다리우스 3세가 알렉산드로스의 적이자 라이벌이었지만, 오직 왕에게만 다른 왕을 죽일 권리가 있었다.

－Chapter 23 알렉산드로스 대왕 VS 다리우스 3세, 486쪽.

『라이벌의 역사』, 조셉 커민스 지음, 송설희, 송남주 옮김, 말글빛냄 발행, 2009.

16세기까지 세계는 그리스 · 로마, 인도, 중국, 페르시아(오스만), 유럽으로 크게 나눌 수 있다.

인도는 대국을 이끈 경험이 있는 저력이 있는 나라다. 종교와 인종간의 관용을 통해 대국을 이끌었다. 그러나 통합(관용)이 깨졌을 때 그들은 약해졌다.

인도의 위대한 왕은 종교와 인종을 포용해 대국을 이루었다.

아소카 왕이 인도를 통일한 것이다. 통일 후 아소카의 포용사상은 놀랍다. 이후 부인을 위해 타지마할을 건설한 샤자한 이후, 아들들은 종교를 차별하고 인종간 차별 정책을 실시해 인도는 급격히 내리막길을 걸었다.

…… 먼저 모든 생명은 신성하다는 사상이 있다. 이것은 자이나교의 사상이다. 왕은 자기방어를 위한 폭력은 포기하지 않았지만, 사형제는 폐지했다. …… 아소카가 법을 통해 환경파괴도 막으려 했다는 점은 놀랍다. "쓸데없이 숲을 포기해서는 안 된다" 갠지스 돌고래에서부터 코뿔소는 물론 심지어 흰개미에 이르기까지 많은 생물들의 보존을 규정하는 부분도 있다.

…… 백성들이 이웃의 신앙을 헐뜯는 것을 반드시 삼가야 한다는 내용이었다. "모든 종교가 결국은 같은 목표, 즉 자기절제와 순수한 정신을 지향하기 때문이다" 이렇게 해서 사람들은 외적으로는 서로 아무리 다를지라도 기본적인 면에서는 의견을 같이 했다. "모든 무절제와 언어폭력을 주의 깊게 피해야 한다"

— 생각의 힘 : 부처와 아소카왕, 141~142쪽.

…… 인도의 위대한 통치자들이 모두 그랬듯이 그도 다른 종교들을 열성적으로 후원하며 왕국 최대의 항구인 나가파티남에 사원과 거대한 절을 지워 동방의 순례자들을 맞아들였다.

— 중세 인도 : 황금과 철의 시대, 277쪽.

…… 이슬람 황제들은 불상을 폭격으로 부수는 대신 불교도들과 대화를 나눴으며, 자기 침실에 성모마리아의 그림을 걸고, 힌두교도들을 우상숭배자로 배척하는 대신 힌두교 경전을 번역했다.

— 이성의 통치 : 위대한 무굴 제국, 299쪽.

…… 무굴 제국이 특유의 통합을 일궈낼 수 있었던 것은 힌두교를 바탕으로 한 토착 예술과 사상에 이란의 영향이 덧붙여진 결과였다. 아크바르의 시대에 핵심 각료 18명 중 11명은 이란 출신, 세 명은 중앙아시아 출신, 네 명은 인도 출신^{힌두교인 두 명과 이슬람교도 두 명}이었다는 사실에서 이 점이 분명히 드러난다.

—이성의 통치 : 위대한 무굴 제국, 318쪽.

『인도이야기』, 마이클우드 지음, 김승욱 옮김, 웅진지식하우스 발행, 2009.

셍고르 세네갈 대통령

식민지 시대에도 아프리카의 많은 학생들과 지식인들이 파리에서 공부했다. 그 중의 한 사람이 셍고르였다. 그는 흑인 정체성 회복 운동인 네그리튀드를 이끌었다고 한다. 고국을 떠나 프랑스에 가서 느꼈던 지적 갈증은 바로 자유롭고자 하는 갈증이었다고 한다.

이는 단순히 흑인이고 식민지 출신이니 쟁취해야 하는 그런 1차적인 자유가 아니라 이를 뛰어넘어 인간이라면 누구나 추구할 수 있는 가장 근본적인 자유를 뜻한다.

그 후 셍고르는 프랑스 국회에서 세네갈을 대표하는 국회의원이 되었다. 유학 생활과 프랑스 국회의원 생활을 하면서 셍고르 대통령은 다른 나라 문화에 대한 교류와 이해가 필요하다고 느꼈다.

이러한 사고와 태도는 프랑스를 설득할 수 있었다. 셍고르는 프랑스령이었던 세네갈이 독립하자 최초의 대통령으로 추대되었다.

셍고르 대통령이 죽었을 때에는 프랑스에서 대통령이 헌사를 하기도 했다.

"레오폴드 세다르 셍고르 ^{Leopold Sedar Senghor, 1906~2001년} 는 1906년 다카르 남쪽 작은 어촌에서 귀족 출신의 부유한 상인 아버지와 유목민인 페울 종족에 속하는 어머니 사이에서 태어났다. 세네갈에서 고등학교를 졸업한 다음 그는 장학금을 받아 스물두 살 때 공부하러 파리로 떠났다. 뒷날 프랑스의 총리 ^{1962~1698년} 와 대통령 ^{1969~1974년} 이 되는 조루즈 퐁피두 ^{Georges Pompidou, 1911~1974년} 가 젊은 날 그의 대학 친구 중 하나이다. …… 제2차 세계 대전이 시작되었을 때 프랑스군에 입대한 그는 전쟁 중에 포로로 붙잡혀 18개월 동안 독일 포로수용소에서 지냈다. ……

1945년에서 1958년 사이에 셍고르는 프랑스 국회에서 세네갈을 대표하는 국회의원 노릇을 하였다. …… 1960년 4월 4일에 말리 ^{옛날 프랑스령 수단} 와 세네갈 ^{이 나라에 있는 가장 큰 강의 이름을 따서 붙인 이름} 은 프랑스에서 독립하였다. 1960년 8월에 평화적으로 독립을 이룬 세네갈은 그 이후로 독자적인 길을 성공적으로 가고 있다. 레오폴드 셍고르는 1980년까지 대통령을 지냈다. 그의 뒤를 이어 아브드 디우프가 다음 20년동안 관용 ^{톨레랑스} 과 민주주의 정책을 계속 이어갔다.

세네갈은 아프리카에서 가장 평화로운 나라 중 하나로 꼽힌다. ……

…… 그는 아프리카 사람이 다른 대륙의 문화와 대화를 해야 하지만 그래도 독자적인 길을 찾아내야 한다고 확신하였다. ……

…… 세네갈이 독립하기 전인 1959년 7월에 그는 프랑스가 독립 이후의 시기에 세네갈과 결실이 풍부한 협조를 할 책임감을 가질 것을 촉구하였다. ……

나는 프랑스 사람들이 오류를 범한다는 것을 잘 안다. 하지만 그들은 훌륭한 자질도 가지고 있다. 이 얼마나 경탄할 만한, 그러면서도 실망을 주는 민족인가. 얼마나 유혹적이면서도 화나게 만드는 사람들인가! …… 그들은 이익보다 존경심을 더 중요하게 여긴다. 그들은 남들이 자기들을 사랑한다고 말해야 할 만큼 사랑받기를 원하는 것은 아니다. 하지만 사실에 근거한 확고한 비판을 하면 그들은 이성과 인간성의 이유에서 진실에 고개를 숙인다.'

－권력과 권력의 남용 : 해방 투사와 폭군, 205~207쪽.

『처음읽는 아프리카의 역사』, 루츠 판 다이크 지음, 안인희 옮김, 웅진지식하우스 발행, 2005.

로마의 멸망 원인으로 가장 크게 꼽는 것은 종교 박해, 게르만족에 대한 차별, 그리고 사치를 꼽고 있다.

'로마인 이야기'를 쓴 시오노 나나미는 다종교 사회였던 로마에서 종교적 관용이 사라진 것이 로마가 쇠퇴하는 데 영향을 끼쳤다고 진단한다.

종교적 관용이 사라지고 4세기말부터 심각한 인종 갈등이 전염병처럼 로마를 휩쓸었다. 종교적, 인종적 관용이 사라진 로마는 전쟁과 내란에 휩싸였고, 내란에서도 이기지 못했다.

폴리 바오스와 기번 등의 학자는 로마 멸망에 기독교가 상당 부분 책임이 있는 것으로 결론지었다. 기독교 교리 논쟁으로 로마 제국에 내분이 일어났고 수도승 권장 때문에 엘리트들의 정치 참여가 줄어들었다는 내용이다. 이에 대한 반론도 있다. 동로마와 서로마는 비슷한 제도를 가지고 있었다. 동로마는 6세기에도 존재했고 더 융성하기까지 했다. 동로마에서 기독교 교리 논쟁이 더 심했다. 그런데도 동로마는 살아남았다. 서로마 멸망을 기독교에서 찾는 것은 맞지 않다는 것이다.

<u>로마 멸망의 원인 중 하나는 관용이 사라진 것이다.</u>

476년 서로마제국이 멸망하면서 그 자리에는 현재 유럽 국가들의 선구라고 할 수 있는 호전적인 '야만인' 왕국들이 들어섰다

…… 종교적인 불관용과 인종적인 불관용이 결합하면서 로마는 전쟁과 내란에 휩싸였고, 전쟁에서도 내란에서도 이기지 못했다. …… 바로 그 시점부터 로마는 분열과 망각의 소용돌이로 빨려들기 시작했다.

—2장 팍스로마나, 세기인의 탄생, 로마, 105~106쪽.

『제국의 미래』, 에이미 추아 지음, 이순희 옮김, 비아북 발행, 2008.

분열의 비극-멕시코 혁명, 비야와 사파타

분열의 비극이 나치를 불렀다.

멕시코가 혁명가 판초 비야와 사파타가 분열하지 않고 단결했다면 멕시코의 역사는 크게 달라졌을 것이다.

역사 속에는 분열의 비극이 많았다. 오죽하면 "개혁세력은 분열해서 망하고, 보수세력은 타락해서 망한다"는 말이 있다.

지금 우리의 모습도 분열로 모두 갈라져 있는 현실이다.

통합만이 역사를 바꾸어 나갈 수 있다.

…… 1876년 포르피리오 디아즈는 현직 멕시코 대통령을 내쫓고 공화국의 최고 지도자가 되었다. 당시 프랑스를 쫓아낸 전쟁영웅으로 토지개혁 공약을 내세운 자유당 정치인이었다. ……

1910년 프란시스코 마데로라는 정치인이 토지개혁 공약을 내세워 디아즈의 대선 경쟁자로 나섰다. …… 곧 디아즈는 그를 감옥에 가두었으나 미국으로 망명해 자신이 대통령 선출자라고 선포했다. 1910년 11월 20일, 마데로는 멕시코 국민들에게 폭동을 일으킬 것을 요청했다. ……

에밀리아노 사파타는 1879년 8월 멕시코시 서쪽에서 약 80Km 떨어진 모렐로스라는 작은 주에서 태어났다. ……

…… 1906년, 순회학교 교사이자 책판매원인 한 남자가 마을에 왔을 때 그의 인생은 완전히 달라졌다. 사파타는 그에게서 피터 크로포트킨 Peter Kropotkin 과 같은 러시아무정부주의자 이론을 배웠으며 그때부터 자신을 혁명가로 생각하기 시작했다.

…… 1910년 변화와 혁명 분위기가 감돌자 그는 무장게릴라 부대를 만들고 멕시코 남부에서 폭동을 일으켜 토지를 빼앗았다. 남부자유군대가 부르짖은 전쟁 슬로건은 '토지와 자유!' 였다.

프란시스코 '판초' 비야는 1878년 6월 멕시코 북부 두랑고에서 도로테고 아랑고 Doroteo arango 라는 이름으로 태어났다. ……

…… 16세 되던 해 도로테고는 무법자가 되었다. 널리 알려진 전설에 따르면, 1894년 어느 날 네그레테의 가족 중 한 명이 여동생을 강간하려 했다는 사실을 알게 되었다. 도로테고의 설명에 따르면, 그 남자의 발을 총으로 쏘고 근처 시에라마드레로 끌고 갔다. …… 판초는 도망자의 신세가 되어 멕시코 경찰이나 군대에 쫓기는 사람들의 주 피난처인 산에서 자신과 비슷한 무법자들을 만났다.

…… 곤잘레스 비야에게 부유층의 재산을 도둑질하고 그 행위를 영웅화하는 방법을 가르쳐주는 등 비야의 멘토가 되었다. 이후 비야는 마데로의 반디아즈 혁명에 가담했다. 산적에서 혁명가로 탈바꿈한 것이다.

1914년 12월 4일, 마침내 두 사람은 소치미리코의 한 학교에서 보좌관과 여러 외부인이 지켜보는 가운데 회담을 가졌다. ……

이틀 후 두 사람은 5만 5천 명의 군대를 이끌고 멕시코시티로 쳐들어갔고 나란히 대통령관저로 걸어 들어가는 엄청난 일이 벌어졌다. ……
두 사람은 서로를 존중했으나 세계관에는 상당한 차이가 있었다. 아이러니한 점은 비야가 훨씬 더 강한 군대를 보유했지만 일관적인 목적이 없었다. 반면 사파타는 훨씬 군대가 약했지만 실현하고자 하는 비전이 명확했다. 둘이 힘을 합쳤다면 멕시코는 큰 참사를 면할 수 있었을 것이다.

두 사람의 실질적인 연합이 불가능해짐과 동시에 멕시코혁명은 시민전쟁으로 바뀌었다. ……

…… 사파타가 구아자르도를 만나러갔을 때 대령은 미소를 지으며 그를 위한 특별경호대를 세워주었다. 하지만 나팔이 울리자 경호대는 일제히 그를 조준하더니 곧바로 총을 발사했다. 사파타는 그 자리에서 즉사했다.

…… 오브레곤의 숨어 있던 부하들이 총을 발사했고 비야와 7명이 그 자리에서 즉사했다. 그렇게 끝이 났다.

－Chapter 09 프란시스코 '판초' 비야 VS 에밀리아노 사파타, 189~202쪽.

『라이벌의 역사』, 조셉 커민스 지음, 송설희, 송남주 옮김, 말글빛냄 발행, 2009.

드골 보수주의와 우리나라 보수

보수적인 드골은 2차 세계대전 전쟁터에서 작가 앙드레 말로를 만났다. 앙드레 말로는 누구인가? 좌파적 성향을 지니고 있고 스페인 전쟁에서는 공화파에 가담하여 평화를 위해 싸운 실천하는 진보주의자다.

드골은 전쟁터에서 앙드레 말로를 보고 말했다.
"진정한 인간을 만났다"

드골 집권 후 말로는 10년간 문화부 장관을 역임했다.

보수 정치인의 상징인 드골과 진보적 지식인 앙드레 말로의 만남, 공직 이후에도 말로는 변함없는 지식인으로 저술활동을 했다.

참 보기 좋은 모습이다.

20세기 프랑스의 대표적 보수주의자를 꼽으라면 드골이다. 1, 2차 대전으로 국력이 쇠약해진 프랑스를 일약 세계 정상급 국가로 부활시킨, 불가능을 가능으로 바꾼 마법 같은 그의 삶과 사상은 프랑스에서 사후 그를 신화적 존재로 만들었다. 그는 국민의 국가에 대한 충성심을 강조했고, '위대한 프랑스'의 창조를 주창했다. 1960년대 미소 냉전이 극에 달한 상황에서 미국을 유럽으로부터 배제하고, 소련은 유럽의 일원으로 받아들였다. 철저한 역사 인식에서 출발한 골리즘(드골의 정치사상)은 민족주의와 유럽 재건주의가 핵심을 이뤘다. 그는 '국가들로 구성된, 함께 뭉친, 유럽의 국가 연합'을 꿈꾼 몽상가였다. 그가 던진 말들은 그 당시에는 논객들로부터 '한 거인 몽상가의 부질없는 잠꼬대'라는 평을 듣기도 했지만, 세월이 가면서 그의 비전은 실현되었다. ……

…… 네덜란드와 벨기에의 선거철에 선술집에서 맞닥뜨린 유럽의 젊은이들도 보수주의자들을 "전통과 관습의 늙은 아이들"이라고 비아냥대기는 했지만, 그들의 애국주의와 공익 중시의 철학은 인정했다. ……
우리나라 보수주의의 근본적 문제점은, 애국보다는 외세의존, 공익보다는 사익 추구의 집단화 성격이 강하다는 점에 있다.

—2장 일류 사회, 진정한 보수주의를 기다리며, 80~82쪽.

『일류(一流)의 조건』, 안영환 지음, 지식노마드 발행, 2009.

영웅은 현실에서도 역사에서도 승자가 되어야 하기에 어렵다 __

낙산사 앞 비탈에 선 소나무는 위태롭게 해풍을 견뎌낸다. 그만큼 뿌리를 깊이 박는다.

꿈을 가지고 도전과 시련 끝에 어느 정상에 오른다. 그러나 문제는 정작 지금부터 새로운 시작이라는 것이다.

최고지도자 지위에 올랐다. 이제 어떻게 할 것인가? 부모로부터 물려받든, 주총에서 승인받든 CEO가 되었다. 이제 어떻게 할 것인가? 어렵사리 돈을 모아 사업을 시작했다. 이제 어떻게 할 것인가?

지위를 획득하는 과정과 지위를 가지고 성과를 내는 것은 근본적으로 다른 일이다. '연습할 시간이 없다.' 경험이 필요하다고 얘기하지만 그 자리에 올라서기 전까지의 경력은 일을 수행하는 데 필요충분조건이 되지 못한다. 국장, 차관, 장관, 총리, 대통령을 공직자 출신이 한다 하더라도 자리에 따른 업무와 자질은 하늘과 땅 차이다.

회사도 마찬가지이다. 정치에선 Stop Campaign이라고 한다. 선거 때 했던 말은 이제 그만 '지금부터 실제 상황이다' 라는 이야기다. 지도자는 훌륭한 성과도 내야 하지만 그 방법도 역사에 의해 평가받는다. 현실과 역사 모두의 평가에서 승리자가 되어야 한다. 새로운 각오로 시작해야 한다. 대출받아 가게를 열어놓고, 그것을 성공시킨다는 것이 얼마나 어려운 일인가?

항상 새로운 시작이 기다리고 있다.

중국에서 시는 매우 일찍부터 문화 권력을 행사해 왔을 뿐만 아니라, 정치권력의 수단으로도 부동의 자리를 잡아왔다. 또한 시는 중국의 역대 제왕들이 즐겼을 뿐만 아니라, 과거 시험에서도 가장 중요한 과목이었다. 그러므로 중국에서 시를 잘 알고, 잘 짓는다는 것은 독서인(지식인)의 가장 뚜렷한 표지였다. 그리고 독서인이 된다는 것은 그만큼 권력에 가까이 있음을 의미하는 것이었다.

흔히 하는 말로, 창업할 때의 권력은 무력에서 나오지만 수성(守成)할 때의 권력은 글에 의존한다고 한다. 『사기(史記)』「육생열전(陸生列傳)」에 보면 육생이라는 현사가 한 고조 유방(劉邦)에게 이 원리를 설득하는 장면이 나온다.

육생은 늘 황제에게 진언할 때마다 『시(경)』와 『서(경)』^{당시는 아직 『시』와 『서』가 경으로 불리지 않았을 때이므로 ( )속에 넣었음}를 입에 달았다. 고조가 야단치기를 "(천하는) 말 위에서 얻은 것인데, 『시(경)』와 『서(경)』를 무엇에 쓴단 말이요?" 그러자 육생이 대답했다. "말 위에서 얻었다고 해서 어떻게 말 위에서 다스릴 수 있겠습니까?"

—제1장 왜 시를 통해 중국 문화를 이해해야 하는가, 38~39쪽.

『한시(漢詩)의 비밀—시경과 초사 편』, 김근 지음, 소나무 발행, 2008.

엘리자베스 여왕, 경험 많은 인사의 기용

무슨 일을 시작하든 가장 먼저 하게 되는 일은 계획을 세우고, 거기에 필요한 인물을 찾는 일이다. 계획을 세우는 일조차도 함께할 인물을 찾는 데서 시작된다. 대체로 비서실 구성부터 시작한다.

엘리자베스 여왕은 권력 투쟁의 살벌함을 딛고 왕위를 얻었다. 아버지 헨리는 부인을 여섯 명 얻었는데 두 명을 처형시킨 사람이다.

경험이 많은 참모를 기용한 것이 평가받을 만하다.

한차례의 폭풍이 지나간 다음 헨리는 크롬웰을 통해 국내 개혁을 추진했다. 크롬웰은 개혁의 일환으로 수도원을 해산시키고 그 재산을 왕에게 귀속시켰다. 그리고 왕의 통제 하에 놓인 성직자들에 대한 새로운 세금을 신설함으로써 왕권을 크게 신장시켰다. …… 토머스 모어와 같은 헨리의 옛 친구들도 새로운 질서를 받아들이기를 거부하자 반역죄로 몰려 50명의 다른 사람들과 함께 처형되었다.

그러나 크롬웰에 의해 주도되는 개혁 작업은 합법적인 절차를 통해서 이루어지고 있었기 때문에 왕은 이전 어느 때보다도 법과 의회에 협력하는 입장에 있었다.

― 4 종교개혁과 절대왕정, 영국형 종교개혁과 헨리 8세, 224쪽.

엘리자베스는 분명히 절대군주의 위치에 있었지만 절대군주로서 갖추어야 할 구성조건인 상비군도 없었고 효율적인 경찰력도 없었으며 고도로 발달한 관료제도도 갖추지 못한 형편이었다. 뿐만 아니라 나라를 다스리는 데 필요한 재원을 얻기 위해서 까다로운 의회를 상대로 협상을 벌이지 않으면 안 되었다.

이런 문제들을 타개하기 위해, 여왕은 추밀원의 규모를 줄여 좀 더 효율적인 자문기구로 만들어 갔다. 그리고 이 기구를 통해서 행정 및 사법의 일관성과 변화의 욕구를 신중하게 조절하며 균형을 유지해 나갔다. 그녀는 최측근에 윌리엄 세실, 프랜시스 윌싱엄 그리고 국세상서인 니콜라스 베이컨과 재무장관 니콜라스 스록모턴 같은 경험이 풍부하고 믿을 만한 조언자들을 주위에 두었다. 그중 대표적인 인물인 윌리엄 세실은 엘리자베스가 즉위한 날부터 40

년 동안 그림자처럼 여왕을 보필한다.

 윌리엄 세실은 가능한 여왕에게 좋고 유리한 것이면 어떤 정책이든 수행하는 것이 자신의 임무라고 생각했다. 그는 높은 충성심으로 엘리자베스의 신뢰를 얻었고, 여왕의 충복으로서 공식적인 자리에서는 자신을 숨기면서 '은밀하게' 일을 잘 처리해냈다.

—4 종교개혁과 절대왕정, 국민과 결혼한 엘리자베스 1세, 235~237쪽.

…… 여왕은 통치 기간 동안 장관들의 솔직한 조언과 충고는 장려하고 존중했지만, 자신의 궁극적인 군주로서의 권한은 가장 신뢰하는 장관에게도 양보하지 않았다.

—4 종교개혁과 절대왕정, 국민과 결혼한 엘리자베스 1세, 239쪽.

『이야기 영국사』, 김현수 지음, 청아출판사 발행, 2006.

가까운 곳에서 모략의 씨앗이 자란다.

세력이 약한 궁예가 898년 송악(개성)으로 근거지를 옮긴 것은 훌륭했다. 약한 중부를 포기하고, 안전한 거점을 확보하고, 강원도와 황해도를 차지하는 전략은 멋진 전략이었다.

궁예는 901년 스스로 왕이 되고 송악을 도읍으로 삼았지만, 905년 철원으로 도읍을 옮겼다. 철원으로 도읍을 옮긴 것은 불행의 씨앗이 되었다.

궁예의 예측불허한 포악한 행동 등은 측근들의 불만을 낳게 되었다. 결국 그의 측근이었던 신승겸, 왕건에 의해 왕위를 뺏기고 죽었다.

어린 나이에 자신의 출생에 대한 엄청난 비밀을 간직한 채 궁예는 세달사라는 절로 출가한다. ……

궁예가 반란군에 처음 가담할 때는 죽주(안성)의 기훤 밑으로 들어갔다. ……

양길 밑으로 들어간 궁예는 혁혁한 전공을 세우며 점차 독자적인 세력을 형성했다. ……

그후로 궁예의 세력은 성장을 계속한다. 895년에는 강원도 북부 일대와 경기 지역을 거의 장악했고, 철원을 도읍으로 삼아 국가 형태를 갖췄으며, 896년에는 송악(개성)의 호족인 왕건의 아버지 왕륭을 신하로 맞아들이는 것으로 봐서 경기 북부와 황해도 일부를 손안에 넣은 것으로 보인다. 그리고 898년에는 패서도(황해도 평안도 일대)와 한산주 30여 성을 빼앗고 송악군에 도읍을 정해 국가의 틀을 갖추었다.

궁예가 독자적으로 국가를 세우려 하자, 양길은 청주, 충주, 괴산의 청길, 원회, 신훤 등과 힘을 합쳐 궁예를 공격하지만 오히려 패배하여 무너졌고, 궁예는 그 여세를 몰아 양길을 무너뜨렸다. 그리고 청길, 원회, 신훤 등도 굴복시키고, 901년에 마침내 송악에 도읍을 정하고 후고구려를 세웠다.

…… 904년에는 국호를 마진, 연호를 무태로 바꾸고, 905년에는 철원으로 환도했다.

당시 철원은 백성이 부족했기 때문에 궁예는 청주의 민가 1천 호를 이주시켜 도읍을 형성했다. ……

이 시기를 전후하여 궁예와 신하들 간에 알력이 생긴다. ……

하지만 궁예는 호족들의 반발을 극복하지 못했다. …… 결국 918년 6월에 그토록 믿고 신임했던 왕건에게 왕위를 뺏기고 죽었다.

— 후삼국실록, 59~62쪽.

『한권으로 읽는 고려왕조실록』, 박영규 지음, 웅진지식하우스 발행, 1996.

비주류 대통령 링컨과 오바마 그리고 노무현

아브라함 링컨. 비주류의 인생, 노력하고 독서하는 정치인, 분열된 미국을 하나로 만들기 위해 노력한 인물이라는 것은 다 아는 얘기다. 그러나 링컨의 정치 인생은 시련 자체였다. 〈gangs of newyork〉이란 영화를 보면 링컨 포스터에 칼을 집어던지는 장면도 나온다. 링컨의 암살, 어찌 보면 비주류를 끝까지 인정하지 않았던 시대의 불행이 아닐까. 링컨 대통령 암살은 우연이 아닐지도 모른다. 비주류 노무현 전 대통령을 보면서 오늘의 가슴 아픈 현실이 마음을 파고든다.

버락 오바마. 미국 역사상 최초의 흑인대통령이 탄생했다. 오바마의 성장기는 무수한 책과 기사를 통해 소개돼 많은 사람에게 희망과 용기를 안겨줬다. '변화'와 '희망'을 내세워 미국인들의 꿈을 되찾았다는 평가에도 불구, 오바마 역시 비주류의 한계에 부닥치고 있는 듯하다. 최근 의료보험 개혁을 위해 국정연설에 나선 오바마를 향해 공화당 하원의원이 '거짓말이야'라고 고함쳐 논란이 불거졌다. 지미 카터 전 대통령은 이를 두고 '인종차별적 정치의도'가 개입됐다고 지적했다.

아마, 모욕과 조롱에 익숙해져 있는 비주류 대통령인 이들은 모욕을 이기고, 일일이 시비하기보다는 그 시간에 자신이 이룰 수 있는 일을 이루어내는 데 최선을 다했을 것이다.

리더들에게 좋은 날만 있는 것은 아니다. '승자는 혼자다'라고 말한 책도 있다.
비주류를 인정하는 주류, 신주류의 등장을 받아들일 줄 아는 성숙한 사회가 그립다.

링컨이 대통령에 당선되고 처음으로 상원의원들 앞에서 취임 연설을 하게 되었을 때였다. 링컨이 연설을 시작하려고 하자 거만해 보이는 한 상원의원이 일어나 링컨을 조롱하듯 이렇게 말했다.

"당신이 대통령이 되다니 정말 놀랍습니다. 그러나 당신의 아버지가 구두 수선공이었다는 사실은 잊지 마시기 바랍니다. 가끔 당신의 아버지가 우리 집에 신발을 만들기 위해 찾아왔고, 내가 지금 신고 있는 구두도 바로 당신의 아버지가 만든 것입니다. 지금까지 그런 형편없는 신분으로 대통령에 당선된 사람은 아마 미국 역사에 없을 겁니다"

그의 말이 끝나자 여기저기서 킥킥거리며 링컨을 비웃는 웃음 소리가 들려 왔다. 링컨은 눈을 감고 무엇인가 생각하는 듯 아무 말이 없었다. 잠시 의사당 안에는 무거운 침묵이 흘렀다. 링컨의 눈가에는 눈물이 가득 고였다. 그러나 그 눈물은 부끄러움의 눈물이 아니었다. 그의 모습은 담대했고, 조금도 흔들리지 않았다. 잠시 후에 링컨은 그 상원의원을 향해서 이렇게 말했다.

"고맙습니다, 의원님! 한동안 잊고 지냈던 아버지의 얼굴을 떠올리게 해주시니 감사합니다. 제 아버지는 완벽한 솜씨를 가지신 구두 수선공이셨습니다. 저는 아버지의 솜씨를 따라 잡으려고 노력했지만 아버지의 실력을 능가할 수 없었습니다. 이 자리에 계신 분들 중에 제 아버지가 만드신 구두를 신고 있는 분들이 계실 겁니다. 그럴 리는 없겠지만 만약 신발에 문제가 생기면 언제든지 제게 말씀해 주십시오. 그러면 제가 아버지 옆에서 곁눈질로 배운 솜씨로 손봐 드릴 수 있습니다. 물론 큰 기대는 하지 마십시오. 왜냐하면 제 솜씨는 아버지 솜씨에 비교조차 할 수 없기 때문입니다. 아버지는 '구두 예술가' 이셨거든요. 나는 자랑스런 아버지의 아들이고, 지금도 아버지를 존경합니다"

링컨은 자신을 조롱하고 비웃는 상원의원의 무례한 공격을 받고도 전혀 불쾌한 감정을 나타내지 않고 온유한 말로 받아 넘겼다. 링컨의 말에 상원의원들은 아무런 말도 할 수 없었다.

－19 아버지는 구두 예술가, 120~121쪽.

『백악관을 기도실로 만든 대통령 링컨』, 전광 지음, 생명의말씀사 발행, 2003.

리더의 모범, 전후 독일 아데나워 수상

쾰른시장 당시 아데나워는 녹지대의 국유화를 통한 공유지의 사유화 방지를 비롯해 엄격한 공무원 관리를 실천했다. 반발도 심했다. 일부에서는 '사회주의자', '독재자' 등의 오명이 붙기도 했다. 녹지대 국유화에 반대하는 축산업자들은 쾰른시에 우유를 팔지 않겠다는 엄포 등으로 격렬하게 반응했지만, 아데나워는 압력에 굴하지 않았다. 또한, 자가용을 소유한 적이 없고 공무차량을 이용하지 않을 경우 항상 대중교통을 이용하였다고 한다. 이런 근검 절약의 정신은 전쟁을 겪은 독일 국민들에게 좋은 귀감이 되었을 것이다. 나라가 어려운 시기에는 특히나, 공직자가 국민들에게 귀감을 보여 준다는 것은 얼마나 중요한 일인지 모르겠다.

74세의 나이로 수상이 된 후 '라인강의 기적'으로 경제 부흥을 만들어 냈고, 외교 정책 등 전후 폐허가 된 독일을 일으켜 세운 훌륭한 리더이다.

특히나 공과 사를 분명히 한 공직관으로 수 많은 추방 생활과 고초를 겪었지만 지금은 독일의 성공한 지도자로 역사적인 평가를 받고 있다.

우리에게도 아데나워 수상과 같은 청렴결백한 공직자가 얼마나 많이 있는가?

1949년 5월 23일 서방연합국 지역에서 독일연방공화국 기본법이 발표되어 연합군 점령의 시대가 끝나고 하나의 국가가 출발하게 되었다. 초대 수상 아데나워는 서독의 민주 정치가 다음 세대의 정치가들에 의해 무사고로 예정된 목적지를 향해 주자를 바꾸어가면서 주행하게 기반을 만들어 주었다. 아데나워는 친서방 정책으로 먼 훗날의 외교를 위한 초석을 굳게 다져놓았고, 정치적으로 패전으로 사회적·경제적 위기가 팽배되어 있는 허탈감 속에서 국민들에게 용기와 희망을 주었다. 경제적으로는 전쟁을 겪어 모든 것이 폐허가 된 상황에서 국가 경제를 선진국 대열에 올려놓았다.

—10 독일연합공화국의 탄생, 340쪽.

아데나워는 1876년 쾰른에서 태어났다. …… 그의 아버지 요한 콘라트는 하급관리로 집안은 부유하지는 않았으나 아버지의 교육열 덕택에 네 명의 자식이 모두 대학교육을 받았다. ……

…… 아데나워는 자신이 나치 시대에 감옥 생활을 할 때 부인이 고생한 나머지 병을 얻게 되었다고 괴로워하였다.

아데나워는 아버지처럼 자식들을 권위주의적인 환경에서 교육을 시켰다. 그리고 대화를 중요하게 여겼다. …… 자가용을 소유한 적이 없고 공무차량을 이용하지 않을 경우 항상 대중교통을 이용하였다. 근검절약 정신은 쾰른 시장이나 수상 시절 청렴결백한 정치가로 생활하게 해주었다. 수상의 청렴결백한 개인 생활은 전쟁을 겪은 독일 국민들에게 좋은 귀감이 되었다.

아데나워는 시간을 절약하고, 질서를 존중하며, 정돈된 생활을 하였다. 그는 아침 5시에 일어나 7시까지 신문을 읽고, 세상의 흐름을 파악한 후 걸어서 라인강 건너편에 있는 수상실에 9시 30분에 출근하였다. …… 점심 후에는 약 30분 정도 수면을 취한 뒤 수상청 근처 산책로를 따라 산책을 하였다. 오후 8시경에 퇴근하여 집무실에서 완성하지 못한 일을 정리하고 12시 이전에는 취침에 들어갔다.

74세의 늙은 수상 아데나워는 14년간이나 집권하면서 독일에서 민주주의 역사가 새로 시작할 때 첫 단추를 잘 끼워준 정치가이다.

─10 독일연합공화국의 탄생, 342~345쪽.

『이야기 독일사』, 박래식 지음, 청아출판사 발행, 2006.

윌리엄 글래드스턴, 공사를 분명히 하는 리더십

윌리엄 글래드스턴은 4번이나 영국 총리를 지낸 존경받는 정치인이다. 그는 지도자에게 종교란 무엇이며, 어떻게 처신해야 하는 것인가를 잘 보여주었다.

우리는 지난해 한참 공직사회의 부정·부패를 몰아내고 국민들로부터 신뢰를 회복하기 위해서는 공직자의 청렴도가 중요하다면서 '공직자 비리 수사 기구' 검토에 대한 국민권익위원장의 발언이 있었다.

공과 사를 구분하고 청렴결백하게 일을 하고 있는 공직자도 많을 텐데 몇 명의 비리 공직자들로 인해 공직자 비리 수사 기구 검토 발언까지 나온 참 안타까운 현실이다.

공과 사를 구분하는, 개인의 이익보다는 사회의 공익을 우선시하고 국익을 우선시 하는 글래드스턴과 같은 공직자들이 더욱더 많아지길 기도해본다.

공직자들이여! 힘내기를……

…… 두 사람은 빅토리아시대의 위대한 정치인으로, 디즈레일리는 총리를 두 번 지냈고 글래드스턴은 네 번 지냈다. 디즈레일리는 토리당(보수당)이었고 글래드스턴은 진보당으로 정치적 입장이 서로 달랐다.

─Chapter 10 벤자민 디즈레일리 VS 윌리엄 글래드스턴, 206쪽.

글래드스턴은 영국국교회에 매우 헌신적이어서 자신이 오랫동안 돌봐주었던, 정신적으로 문제가 있던 아편중독자인 여동생 루시가 카톨릭으로 개종하자 인연을 끊을 정도였다.

─Chapter 10 벤자민 디즈레일리 VS 윌리엄 글래드스턴, 214쪽.

…… 1868년 선거에서 글래드스턴과 디즈레일리 간에 격렬한 논쟁이 벌어졌다. 쟁점은 영국국교회가 아일랜드의 국교회로 남느냐하는 문제였다. 글래드스턴은 영국국교회의 건실한 신자임에도 국교회 폐지를 지지했고, 어쩌하다 보니 아일랜드 가톨릭의 사랑을 듬뿍 받게 되었다.

─Chapter 10 벤자민 디즈레일리 VS 윌리엄 글래드스턴, 216쪽.

하원의석을 포기했던 글래드스턴은 1879년 11월 재선 기회를 엿보며 스코틀랜드의 미들로디엔 선거구 전체를 기차로 순회강연을 했다.

─Chapter 10 벤자민 디즈레일리 VS 윌리엄 글래드스턴, 218쪽.

글래드스턴의 미들로디엔 캠페인은 '첫 근대정치 선거캠페인'으로 불린다. 당시 정치인들이 선거캠페인을 한다는 것은 품위를 손상시키는 일로 치부되었다.

—Chapter 10 벤자민 디즈레일리 VS 윌리엄 글래드스턴, 220쪽.

『라이벌의 역사』, 조셉 커민스 지음, 송설희, 송남주 옮김, 말글빛냄 발행, 2009.

리더의 명상과 휴식 __

한낮, 마른 풀잎 위에 마른 낙엽이 서로 정답게 햇살을 받으며 새근새근 잠이 든다.

빌 게이츠가 일 년에 두 번씩 잠적하는 이유

90년대 후반까지만 해도 빌 게이츠는 하루 18시간 일하고, 300통의 이메일을 받았다. 일 중독자에 가까운 빌 게이츠는 새벽 두세 시에도 모르는 것이 있으면 직원에게 전화하는 것으로 유명했다. 하지만 결혼 후에는 가정과 일의 균형을 이루려는 모습을 보이고 있다고 한다.

빌 게이츠는 생각을 중요하게 여기는 사람이다. 특히 그는 새롭고 신선한 사고방식을 유지하기 위해서 매년 생각 주간을 두었다. 생각 주간에 많은 아이디어를 가지게 되고 그것을 바탕으로 열심히 일하는 것이다.

성공하는 자에겐 다 이유가 있다. 피나는 노력이 필요하지만 휴식과 명상은 절대적으로 필요하다.

지도자에게도 휴식과 명상은 절대적으로 필요하다. 지도자가 바쁘고 분주하기만 하면 큰 미래는 없다. 큰 조직일수록 지도자에게 휴식과 명상의 시간이 많아야 한다. 신중하고, 깊게 생각하여 하나하나 결정을 내리는 것이 진정한 리더이기 때문이다.

나라에 극단적인 일이 없는 한 선진국 지도자들은 휴가를 떠난다. 우리나라에선 난리가 날 일이다.

마이크로소프트의 창업자 빌 게이츠는 일 년에 두 번씩 아무도 없는 곳으로 잠적한다. '생각 주간(Think Week)' 이라고 불리는 이 기간에 자신만의 휴가를 갖는 것이다. 그가 은둔 휴가를 보내는 곳은 태평양 연안의 미국 서북부 지방에 있는 2층짜리 별장으로, 그는 이곳에서 일주일 동안 오롯이 혼자 지낸다. 하루 2번 음식을 배달하는 관리인 말고는 가족도 출입 금지다.

그리고 바로 여기서 그는, 먹고 자는 것 외에는 모든 시간을 전 세계 MS 직원들이 보낸 'IT업계 동향과 진로에 관한 보고서' 와 '아이디어 제안서' 들을 읽는 데 보낸다. 그리고 세상의 흐름을 뒤바꿀 결정들을 내린다. 넷스케이프가 독점해온 인터넷 브라우저 시장에 MS가 참여해야 하는 이유를 설명한 '인터넷의 조류' 라는 보고서도 1995년의 생각 주간에서 탄생했고, MS의 초소형 태블릿 PC와 보안성을 강화한 소프트웨어, 온라인 비디오 게임에 대한 아이디어 역시 이 생각 주간에서 나왔다.

그의 아주 특별한 휴가는 1980년 여름, 할머니의 집에서 사업전략 자료들을 읽고 생각을 정리하면서 착안한 것이다. 지금도 사람들은 그의 은둔 휴가를 '세계에서 가장 멋진 아이디어 창출 방식' 이라고 부르고 있다.

─세상을 보는 안목, 빌 게이츠가 일 년에 두 번씩 잠적하는 이유, 117쪽.

『시 읽는 CEO』, 고두현 지음, 21세기북스 발행, 2007.

'작은 의회'를 활용하여 무로부터 유를 창조한 린든 존슨 대통령 이야기는 우리에게 시사하는 바가 크다. 정치와 언론의 조화가 이루어지지 못하는 안타까운 우리의 현실과는 너무나도 거리가 멀기 때문일까.

작은 의회를 통해 언론과 조화를 이루고, 자신의 뜻도 이룬 린든 존슨의 지혜가 우리에게도 절실하다.

개인의 소유욕을 불태우는 냉혹한 자본시장에서, 따뜻한 차 한잔을 나누는, 따뜻한 이웃의 정을 나누는 동네의 허름한 사랑방에서, 아이들의 공부방에서, 노인정에서 웃음꽃이 피어나고, 그 꽃이 만발하여 아름다운 대한민국이 되는 날을 기대해본다.

1931년 존슨이 리처드 클리버그 의원의 보좌관으로 워싱턴 정가에 입문하였을 때, 작은 의회 (의원들을 보조하는 의장 사무국)는 거의 쓸모가 없었다.

그러나 린든 존슨은 여기서 기회를 엿보았다. 언론사들은 당시의 중대 사안들이 어떻게 결정될지에 관한 정보를 미리 얻으려고 열심이었다. 대공황의 나락에서 빠져 나오는 일이 중차대한 과제여서 중요한 법안들이 검토되고 있었기 때문이다. 물론 정치인들도 언론에 노출되기를 열망했다. 린든 존슨만큼 야망에 차고 의욕적인 자도 드물었지만, 의원 보좌관들 또한, 출세와 명예를 추구했다.

우선, 존슨은 투표를 통해 작은 의회 의장자리에 올랐다. …… 그는 월례 모임을 주간 모임으로 바꾸었고 시사 문제에 관한 토론뿐 아니라 '유명 인사' 의 초청 연설도 프로그램의 일부로 넣었다. 초청 연사를 섭외하는 과정은 회원들이 유명 정치인들을 만날 기회를 마련하는 데만 그치지 않았다. 존슨 자신이 유명 정치인들과 대화할 기회를 가졌다는 점이 더 중요하다. 그는 법안에 관한 토론회를 조직하고 패널들을 구성한 다음, 의회의 규칙에 따라 토론을 진행하고 토론 결과를 비공식적으로 표결에 부치고, 언론을 끌어들여 표결 결과를 보도하게 했다. 언론은 곧 이 토론회에서 법안에 대한 의회의 입장을 미리 점쳐볼 수 있음을 간파했다. 언론이 관심을 갖자 의원들도 관심을 가졌고, 모임에 참여하려는 사람들도 날로 늘어났다.

곧 200여 명의 의회 보좌관들이 매주 정당 간부 회의실에 운집해 들었다. 경이로울 만큼 짧은 시간 내에 린든 존슨은, 의회에서의 연공 서열에 의존하던 조직 안에서 익명의 존재였던 보좌관 무리들 가운데서 두각을 나타낼 수 있었다.

린든 존슨은 작은 의회를 중요한 자원인 동시에 실질적인 권력 기반의 출발점
으로 삼았다. …… 그는 작은 의회라는 수단을 활용하여 유명세와 이익을 수
확할 수 있었고 각각의 그룹에는 그들이 원하는 것을 제공할 수 있었다.

－05 자원, 동맹, 새로운 황금률, 123~125쪽.

『권력의 경영』, 제프리 페퍼 지음, 배현 옮김, 지식노마드 발행, 2008.

2009년 9월, 나와 동향인 MBC 엄기영 사장이 해임 압박을 받는다는 보도가 계속된다. 개인적으로 너무 가슴이 아프다. 신문, 방송 등 언론을 통제하겠다는 정부. 정부를 경영하겠다는 보수언론. 참으로 어처구니없는 현실이다.

힘내라! 엄기영

헝가리 출신의 이민자인 죠셉 퓰리처는 가난했던 시절, 뉴욕에 있는 프렌치즈 호텔에 들어가려다가 그의 남루한 차림 때문에 호텔 포터에게 쫓겨난 적이 있었다. 23년 후, 퓰리처는 그 프렌치즈 호텔을 사서 건물을 부순 다음, 그 자리에 뉴욕에서 가장 높은 건물을 짓고 그의 신문사가 자리를 잡았다. 퓰리처의 집념을 볼 수 있는 대목이다.

현대 저널리즘의 창시자이며 '신문왕'으로 불리는 퓰리처는 "나는 신문이 옳은 것과 그른 것을 가르치는 도덕교사라고 믿는다. 신문은 정부를 경영해서는 안 되고, 관세를 매겨서도 안 되지만 반드시 대중 여론을 이끌어야 한다"고 말했다.

언론인으로서 엄기영 사장의 집념을 보고 싶다.

권력은 강해야 하나 드러나서는 안 된다. 오늘날의 위정자들은 이를 명심해야 한다. 사실 근대 이후의 헌법들은 권력을 분산시키고 거기에 합법적인 감시 장치를 붙여 함부로 남용되는 것을 막아왔다. 이는 권력의 정당한 힘을 빼려는 조처가 아니라 부당한 사용을 방지하기 위함이었다. 길거리에서 경찰을 많이 볼 수 있는 나라는 대체로 치안이 불안정한 나라다. 신호등이 많은 나라일수록 교통사고 발생률이 높다. 대통령의 얼굴이 뉴스에 자주 등장하는 나라는 반드시 정치적 불안에 시달리고 길거리에서는 시위가 벌어진다. 그러므로 모든 게 고요 속에 숨어 있는 듯하지만 정상적으로 작동되는 게 중요하다. 사람들은 자신이 원하는 바의 삶을 열심히 살아갈 수만 있다면 만족해한다. 통치란 이러한 자연스러움이 막히지 않고 흘러가도록 도와주는 것이다. 만약 이러한 흐름이 막혀버린다면 민심은 성난 물결이 되어 배를 뒤집어버릴 것이다. 고요 속에 숨어 있는 권력을 만들기 위해서는 무엇보다 위정자의 현명함이 필요하다. 나서지 않고 다스리며, 나서지 않고 따르게 하며, 나서지 않고 복종하게 만드는 힘이야말로 가장 능력 있는 리더의 자질이다.

－권력은 민심을 흐르게 하는 물길이다, 192쪽.

『대경전, 치국지략』, 루안쭝 지음, 김택규 옮김, 북로드 발행, 2004.

기원전 1000년경 에트루리아족이 이탈리아 북부에 자리잡는다(이들은 지금의 중동지방에서 온 민족이다). 얼마 후 라틴족이 중부에 자리잡는다. 기원전 509년경 에트루리아를 몰아내고 로마가 첫발을 디딘다.

로마는 유명한 포에니 전쟁으로 오늘날 북아프리카 카르타고(튀니지)를 물리친다. 카이사르와 다섯 명의 현명한 황제를 거치면서 로마는 세계의 중심이 된다. 그러나 476년 게르만의 침입으로 서로마는 역사의 뒤편으로 퇴장한다. 천년 도읍은 폐허가 된다.

로마제국은 멸망 이후 19세기까지 14세기 동안 주변국들에 의해 처참하게 갈라진다. 1000년 이상을 외세의 침략과 지배하에 고생하며 제노아왕국, 베네치아공국, 룸바르디아왕국, 토스카나, 나폴리왕국, 사르데냐왕국, 시칠리아 등으로 갈라진 비참한 역사를 극복하고자 리소르지멘토(이탈리아 국가통일운동)가 시작되었고 여기에 세 명의 남자가 있었다. 가리발디, 마치니, 카브르 백작이다.

가리발디는 항구도시 니스에서 출생했고, 어머니는 세탁부였다. 할아버지처럼 선원이 되었고 젊은 나이에 선장이 되었다. 이탈리아를 통일시키자는 '청년 이탈리아당'에 가입했다. 마치니와 가리발디는 통일을 위한 봉기에 참여했다가 체포되어 사형이 선고됐다. 가리발디는 남미로 도망쳤다. 그 이후 다시 돌아와 이탈리아 통일에 혁혁한 공을 세웠다.

1861년 이탈리아 통일이 공포되었다. 왕은 가리발디를 육군 대장에 임명하고 토지를 주겠다고 달랬다. 가리발디는 왕의 편지를 창밖으로 집어 던져 버렸다.

일개 시민이 되어 카프레라로 돌아갔다. 농부가 된 가리발디는 당나귀들에게 이탈리아 통일을 방해한 루이 나폴레옹, 프란츠 요제프, 비오 9세(교황)라는 이름을 지어주었다. 좋아하는 낚시를 하며 살다가, 75세에 세상을 떠났다.

멋지게 은퇴하고, 기부하고 떠나는 지도자를 보고 싶다.

이탈리아 혁명가 주세페 가리발디(Giuseppe Garibaldi)는 19세기 위인들 중에서도 가장 감동을 주는 인물일 것이다. 흔히 이탈리아 통일의 아버지로 추앙받는 그는 청년 이탈리아 운동의 일원이었고, 나라를 위해 싸운 애국자이자 장군, 공화주의자로 손꼽힌다. …… 유명한 '붉은 셔츠 부대'를 조직하여 시칠리아와 나폴리를 치는 등 맹활약함으로써, 사보이 왕가를 중심으로 한 이탈리아 통일을 이룩했다. ……

가난한 고기잡이 집안에서 태어난 가리발디는 10년이 넘게 고깃배 선장으로 일하다가 민족주의 운동에 가담하게 된다. 그 때문에 체포령을 피해 1836년에서 1848년까지 남미로 건너가 망명생활을 했다. 우루과이 부대에 들어가 이탈리아 연대 사령관을 지내기까지 많은 전투를 경험했다. 나중에 유럽에 돌아와 남미에서 습득한 게릴라 전술을 활용해 프랑스와 오스트리아군을 격파, 뛰어난 장군으로 이름을 날렸다. ……

…… 가리발디 자신은 그 뒤에도 몇 개의 전쟁을 더 치르고 난 뒤에 은퇴해서 나무 없는 섬인 고향 카프레라로 돌아갔다. 그리고 1882년 숨을 거둘 때까지 그곳에서 밭농사를 지으며 살았다.

— 1864년 혁명가 가리발디, 시인 테니슨을 위해 나무를 심다, 264~268쪽.

『그 순간 역사가 움직였다』, 에드윈 무어 지음, 차미례 옮김, 미래인 발행, 2009.

시장인가 정부인가? ___

정선 임계 산촌 어르신들과 아이들이 연을 날린다. 높이높이 연을 날려줄 바람을 기다린다.

인류가 사회를 이끌고 나가는 데 발견한 몇 가지가 있다. 돈(시장), 표(민주주의 정부), 신(인간의 죽음이란 한계, 종교), 시험(공정한 기회), 예술이다.

돈 많은 사람이 경제를 이끌고, 표가 많은 사람이 정부를 이끌고, 신과 소통능력이 있는 사람이 영혼의 안식을 이끌었다. 돈도 표도 없고 신과 가까이 할 능력은 부족하지만, 인간이기에 기회를 달라고 소리쳐 '시험'이 생겼고, 시험을 잘 보면 리더가 될 수 있었다.

신 주도 시대, 신과 정부 주도 시대(제정일치, 교황), 절대 정부(왕, 황제) 주도 시대를 지나 시장이 한껏 강화되고 민주주의 정부가 운영되는 시대가 도래했다. 돈(시장)과 표(민주주의, 정부)가 중요한 기둥을 차지했다.

사람 속에는 두 가지가 늘 꿈틀댔다. 자유롭게 살고 싶은 욕망과 모든 인간은 평등하다는 본능. 즉 인류는 '자유'와 '평등'이라는 자식을 낳았다.
자유는 이기적 유전자를 가지고 태어났고, 평등은 이타적 유전자를 가지고 태어났다. 자유는 시장을 자식으로, 평등은 민주주의를 자식으로 낳았다. 자유와 평등의 공통점은 간섭과 지배를 받지 않고 당당하게 살고 싶은 욕구이다. 그러나 이 둘의 차이는 크다.

시장은 풍요를 원한다. 가난 극복이 소원이다. 그러나 풍요를 위해 치열한 경쟁이 불가피하다.

경쟁은 아름다운 것이라 했으나 승패는 불공평한 결과를 가져왔다. 부자와 가난한 사람이 생겼다. 경쟁의 결과니까 수용하라고 승자는 말한다. 그러나 "고래의 자유는 오징어에겐 죽음이다"라고 패자는 절규한다. 승자는 "정글의 법칙이 지배할 뿐 억울하면 돈 벌어"라고 말한다.

패자에겐 간혹 인생 역전도 있지만 쉽지 않다. 돈 없는 사람은 돈 있는 사람 밑에서 일해야 하고, 부는 호박이 밀가루 위를 한 바퀴 구르는 것과 콩알이 밀가루 위를 한 바퀴 구르는 것 하고 비슷해서 부익부 빈익빈이 커져만 간다. 생존을 위해 노력하지 않는 사람이 어디 있겠는가, 그래도 가면 갈수록 격차는 커지기만 한다.

하늘이 두 쪽 나도 '너와 나는 똑같은 인간이다' 싸우지 말고 잘 살아보라고 평등은 정부를 만든다.

정부는 다수를 위해 공정할 수 있도록 투표를 하고, 말썽부리면 저항(언론·출판·집회·결사의 자유)해서 쫓아내기로 약속했다(정부도 원시 공산제, 황제나 왕(세습), 대통령, 수상, 투표 등 기나긴 발전과정을 거쳤다).

자유와 평등은 양립할 수 없는가? 그러나 분명한 것은 시장과 정부(민주주의)는 서로를 절실히 필요로 하면서 견제할 수밖에 없는 운명이다.

시장과 정부의 공통점은 '성장'이다. 시장의 창의성과 역동성은 높이 평가한다. 그러나 시장에만 맡겨두면 빈부격차가 갈수록 심해진다. 경제공황이 발생하기도 하고 환경도 파괴되고 노동조건은 악화된다.

사회적 불평등이 증대해 갈등요인이 커지면 범죄가 발생한다. 폭동과 반란이 일어날 수 있다. 혁명이 일어날 수 있고, 불안한 민심에 기초해 파시즘이 등장할 수도 있다.

생존권에 대한 불안이 커지면 재산 증식의 자유가 무너질 수 있는 것이다(왜 가난한 사람들을 돕고 지원하는 시스템을 사회안전망이라고 하는지 이해가 될 것이다).

그러다보니 재산 증식의 자유를 조금 더 보장받을 수 있도록 정부를 자기편으로 만들려는 노력을 집요하게 한다.

정부는 투표에 의해 의사가 결정되다 보니 자유가 강조될 때도, 평등이 강조될 때도 있다. 똑같은 자본주의에서도 미국식 모델, 영국식 모델, 대륙식 모델, 북유럽식 모델 등이 있다. 중국은 새로운 모델로 경제성장을 거듭하고 있다.

지금 우리는 좋은 정부를 필요로 한다.

보수적 성향의 경제학자인 기 소르망은 시장 경제에서 정부의 역할을 인정하지만 제한적인 역할을 강조한다.

시장 경제는 좋은 정부 없이는 제대로 기능할 수 없다는 점은 전적으로 맞는 지적이다.

로마가 강대국이 된 것은 도로, 법, 공화제, 건축기술 등 경제적인 요소 때문이 아니라고 '로마인 이야기'를 쓴 시오노 나나미는 주장하고 있다. 이탈리아, 네덜란드에서 보여준 선진금융기법은 분명 번영으로 이끄는 데 노력했다. 영국 엘리자베스 여왕 그리고 이후 산업혁명, 러시아의 피터대제, 위로부터 혁명을 일으킨 독일과 일본의 사례도 정부의 기능을 인정하고 있다.

분명한 것은, 시장경제는 좋은 정부가 있어야 한다는 것이다. 그러나 거대한 질문이 앞에 놓여있다.

좋은 정부란 과연 무엇인가?

나쁜 정부가 있을 수 있다는 이야기이다.

중앙은행의 독립과 통화량 발행 억제가 필요한데, 20세기 초까지만 해도 경제대국 10위 안에 들던 아르헨티나가 '페론주의'라는 포퓰리즘 정책으로 통화량을 남발해 인플레와 쿠데타 등으로 인해 아주 못사는 나라가 되었다.

아직도 많은 나라는 선거철만 되면 중앙은행을 못살게 군다. 우리나라는 어떠한가?

세금은 어떻게 징수되어야 하는가? 세금이 가혹하면 폭동의 역사가 있어 왔고, 세금이 없으면 국가를 끌고 나갈 수 없다. 불평등을 치유할 수도, 교육의 기회를 제공할 수도 없다. 누구에게 어떻게 걷을 것인가?

우리는 어떤가? 부자들 세금 깎아 주면 투자하고 소비해서 경제를 활성화시킨다고 했는데, 세금은 걷히지 않아서 난리이다. 국세청 통계에 따르면 지난 2008년 체납총액이 19조원을 넘었다고 한다. 정부는 대기업이 돈을 쌓아놓고 투자를 안한다고 윽박지른다. 고소득층은 소비를 더 안하고 돈을 모아 두어 더 부자가 되면서 '양극화'만 심화되고 있다.

어떻게 하는 게 좋은 정부인가?
세금을 어떻게 써야 좋은 정부인가?

이명박 정부는 4대강 사업에 무려 22조를 쓴다고 한다. 4대강 예산의 0.45%인 1,000억원만 투입하면 요즘 큰 문제인 신종플루의 공포에서 벗어날 수 있다고 하는데, 정부는 신종플루 관련 예산은 오히려 삭감하고 있다. 보건사회연구원 통계에 따르면 태어나서 대학 졸업할 때까지 무상교육을 하는 데 필요한 돈은 연간 19조 6833억 원이 소요된다. 4대강 사업비 22조면 1년간 대한민국 모든 부모가 교육비로부터 자유로울 수 있다.

진정, 좋은 정부가 될 수 있을까?

보도블럭 교체에 쓰는 예산이 서울시만 연간 1,500억원이다. 교육으로, 복지로 예산을 돌려야 한다. 아이들 무료급식 해주고 친환경농산물로 급식재료를 사용하면 농민도 살 수 있지 않은가? 무엇이 좋은 정부인가? 그 답은 이미 우리 생활에서 쉽게 찾을 수 있다.

…… 시장 경제는 좋은 정부 없인 제대로 기능할 수가 없다.

…… 국가의 역할은 매순간 경제에 개입하는 것이 아니라 지속적으로 트렌드를 유지케 해주는 것이다. 그리고 트렌드의 지속성은 무엇보다 좋은 제도와 그 제도의 안정성에 달려 있다. 독립적인 중앙은행이라든지, 예측 가능한 경영 시스템, 인플레이션을 유발하는 통화 발행의 억제, 믿을 만하고 비용이 덜 드는 사법제도, 매매의 자유, 산업의 쇄신을 용이하게 하는 파산법, 시장 기능을 방해하지 않는 일관성 있는 세법이나 사회법 등등이 트렌드를 유지해주는 좋은 제도들이라 할 수 있다.

－1 자연성장, 37쪽.

『경제는 거짓말을 하지 않는다』, 기 소르망 지음, 조정훈, 이효숙, 전혜정 옮김, 문학세계사 발행, 2008.

정부는 점점 더 커질 것이다.

전세계적으로 선거 때는 작은 정부를 말한다. 나는 정부는 작아지지 않고 더 커질 것이라고 본다. 솔직해질 필요가 있다. 우리에겐 일 잘하고, 유능한 정부가 중요하다(물론 가능한 만큼 작고, 효율적인 정부를 만드는 것은 물론이다).

먼저 시장이냐? 정부냐? 라는 논쟁을 하면 시장이 유세하다. 예산을 적게 알뜰히 쓰는 정부를 원하기 때문이다.

그러나 질문을 바꾸어 빈부격차가 해소되길 원하는가? 복지가 늘어나기를 원하는가? 라고 물으면 '그렇다'라고 한다. 빈부격차를 해소하고, 복지정책을 펴는 것은 정부가 하는 일이다. 복지가 늘어나려면 정부가 커질 수밖에 없다.

그러면 성장이냐? 분배냐? 라고 묻는다. 당연히 성장이 높다. 그러면서 은근슬쩍 성장은 시장이 하고, 분배는 정부가 하는 것처럼 주장하나, 성장도 좋은 정부가 있어야 가능하다.

가면 갈수록 정부의 역할이 커질 수밖에 없다. 다만 과거와 같이 시장을 주무르거나 초헌법적인 권력을 행사하는 정부는 사라져 갈 뿐이다.

정부의 예산은 늘어나고, 국민 1인당 담세액도 높아간다. 공무원 숫자도 날이 갈수록 늘어난다. 구조조정을 한다고 하지만 계속 늘어나고 있다.

왜 그런가?

첫째, 정부의 의무 중 나라를 지키는 의무가 과학기술 발달로 정부의 역할이 확대될 수밖에 없다. 16세기 대포가 발명되면서 전쟁기술이 발달해 영주는 전쟁 비용을 감당할 수 없게 되고 서서히 국가에 그 역할이 집중되기 시작했다. 지금은 어떠한가? 핵무기를 만들어서 정부에 전쟁을 할 집단이 존재하는가? 미국의 군인이 100만 명이다.

둘째, 세계적인 다국적 기업이 등장하는 거대기업, 핵무기를 만드는 거대과학과 기술, 지구온난화 등 정부만이 해야 할 일이 커졌다.

셋째, 고령화, 세계적인 양극화의 심화 등으로 복지 수요가 크게 증가하였다. 미국의 역사가 그것을 증명하고 있다.

좋은 정부를 갖는 것이 우리에게 필요한 것이다.

공공 부문의 부상을 측정하는 세 가지 크게 다른 방법이 있다. 첫째는 정부가 직접 생산하거나 구입하는 정도가 GDP에서 차지하는 비율을 조사하는 것으로, 이는 대략적으로나마 경제의 국유화 비율이 어느 정도 되는지 나타내는 지표로 간주할 수 있다.

둘째는 정부가 어느 계층에는 세금을 부과하고 다른 계층에는 사회보장 혜택, 복지 사업 또는 실업보험과 같은 '이전 지급(transfer payment)'을 제공함으로써 소득을 재분배하는 정도를 확인하는 것이다. 이는 복지 국가의 정도를 나타내는 표시로 간주할 수 있다.

마지막 방법은 정부가 경제 활동의 여러 측면을 규제하거나 기타 다른 방법으로 정부가 가진 경제적 영향력을 행사함으로써 경제 운용에 어느 정도 관여하는지를 조사하는 것이다. 이것은 정확히 측정하기가 대단히 어려운데, 관리된 자본주의 또는 통제된 자본주의의 방향으로 나아가는 정도를 나타내는 것을 볼 수 있다.

…… 미국 정부의 직접 생산 또는 직접 구매 경향을 보면, 1929년에는 총 생산의 10퍼센트 이하였던 데 반해, 1992년에는 20퍼센트 이상으로 상승했다. 이와 같이 증가한 원인에서 우리가 주목해야 할 것은 두 가지 요인, 즉 국방 부분에서 연방 지출이 급격하게 상승하고, 교육과 도로 부문에서 주 정부와 지방 정부의 지출이 상당한 규모로 증가 한데 기인한다는 것이다. ……

…… 1929년에는 정부에 의한 이전 지급으로 재분배 된 것이 GDP의 1퍼센트 이하였지만, 1980년에는 11퍼센트에 이르렀다. 이 중 상당 부분은 사회보장, 의료보험, 그리고 기타 '사회 안전망'을 위해 연방 정부가 지출한 것이다. ……

…… 다음 항목들은 현재 정부가 담당하고 있는 기능이 얼마나 다양하고 중요한지를 보여준다.

환경 보호청은 공해 규제 법률을 집행한다.
연방준비이사회는 은행을 규제한다.
연방통신위원회는 각 방송사에 주파수를 배정한다.
연방무역위원회는 무역 규제에 관한 기업 활동을 관할한다.
주간통상위원회는 철도, 수로, 트럭 운송 산업을 규제한다.
노동관계이사회는 노동조합 선거를 감독한다.
국가과학재단은 과학 연구를 지원한다.
관세위원회는 관세 문제에 대한 청문회를 연다.

…… 경제에 대한 정부의 개입 범위는 지난 1세기 혹은 그에 가까운 기간을 돌이켜 볼 때 상당히 확대된 것은 분명하다. ……

마지막으로 우리는 이미 정년퇴직 이후의 생활이나 의료비 지출, 실업 기간 중의 수입 등은 각 개인이 부담해야 할 책임이라고 여기는 사회에 살고 있지 않다.

―4 지금까지의 경제 흐름, 거대 정부의 출현, 92~96쪽.

『경제학은 무엇을 말할 수 있고 무엇을 말할 수 없는가』, 로버트 하일브로너, 레스터 서로 지음, 조윤수 옮김, 도서출판 부키 발행, 2009.

민주주의 발전시키는 기분 좋은 정부 __

고요한 수면 위로 활짝 핀 연꽃에 내려앉은 실잠자리도 안전하게 날개를 접고 잠이 든다.

"나의 이상은 데모크라시이다. 인간 생활 무대에 있어서 참으로 가치가 있는 것은 '국가'가 아니고 창조적이고 유능한 개인이라고, 즉 인격이라고 생각한다."

아인슈타인이 한 말이다.

창조적이고 유능한 개인이 억압받지 않고 기분 좋게 최선을 다할 수 있도록, 기분 좋은 정부를 만들어야 한다.

봉건제 즉 신과 왕의 억압으로부터 자유롭고 평등해진 계몽주의 시대에 민주주의와 시장 경제가 성장했다.

시장과 민주주의라는 커플은 함께 발전해 나갈 것이다.

그런데 이 커플의 장래에 대해서는 상반된 견해가 있다.

민주주의가 초기 단계에서는 경제 성장에 도움이 되지만, 어느 수준 이상 발전하게 되면 사회 보장제도나 소득재분배에 관심이 높아져 경제 성장을 저해할 가능성이 있다는 것이다. 경제적인 측면에서만 보면 민주주의가 다른 모든 제도보다 반드시 우월하지는 않다고 말한다.

그러나 민주주의가 위기 극복에는 도움이 된다고 말하고 있다.

시장과 민주주의는 서로가 서로를 강화하며, 민주주의는 시장을 필요로 한다. 경제적인 자유가 없는 정치적 자유란 불가능하기 때문이다.

— 위기와 위기 해법의 이론적 토대, 136쪽.

태생적으로 '시장'과 '민주주의'라는 커플은 조화롭지 못하다. 개인의 자유를 진작하며, 효율성에 있어서는 시장을, 공정성에 있어서는 민주주의를 신뢰하는 이 커플은 다른 모든 가치, 특히 연대감 따위는 도외시한다.

— 위기와 위기 해법의 이론적 토대, 139쪽.

『위기 그리고 그 이후』, 자크 아탈리 지음, 양영란 옮김, 위즈덤하우스 발행, 2009.

민주주의가 있던 그리스에서는 피타고라스 수학, 천문학이 발달하였고, 종교의 자유가 있었던 이슬람과 인도에서는 기하학, 수학, 천문학이 크게 발달했다. 십자군 전쟁 이후 동방의 학문은 이탈리아로 와서 융성하다가 유럽으로 가면서 계몽주의 이후, 즉 인권으로 무장하는 인간이 활약하면서 과학기술의 진보를 가져왔다.

마틴 루터의 종교개혁 발표 이후 독일은 신교구 전쟁터로 30년을 보냈다. 독일은 처참한 상황에 이르렀다.

그러나 프로이센은 일어났다. 프로이센은 작은 나라에 불과했다. 프로이센은 종교의 자유가 보장되었다. 종교의 자유가 보장된 것은 프로이센이 성장해 나가는 데 도움이 되었다. 지배적인 국가로 성장해 나갔다.

민주주의는 공기, 건강과 흡사하다. 잃어갈 때 그 공포를 알기 시작한다.

민주주의가 경제 성장에 도움이 되지 않는다는 극단적 가능성은, 과도한 평등주의와 더 많은 민주주의 요구 때문이다. 이 극단적 상황을 빌미로 민주주의를 억압할 일이 아니라 더 좋은 민주주의를 위해 노력해야 한다.

민주주의가 발달한 나라일수록 경제도 발달되어 있다. 자기 생각이 틀릴 수도 있다는 가능성을 인정할 때 민주주의에 대한 인내와 양보가 가능해진다. 민주주의를 누릴 수 있는 능력은 오랜 훈련과 노력, 고통을 겪으며 진화한다.

유능한 민주주의자는 공동체의 번영을 염두에 둔 평등을 지향한다.

경제가 발전하면 할수록 교육과 의식수준이 높아지고, 민주주의 수준 또한 높아질 수밖에 없다. 민주주의는 시장경제 발전에 절대적이라고 생각한다.

더 좋은 민주주의는 우리 모두의 과제이다.

민주주의와 경제적 발전이 상호보강적 관계에 있다는 견해는 새로운 정설이 되어 가고 있다. 정치경제학자인 맨커 올슨(Mancur Olson)은 그의 사후에 출판된『권력과 번영(Power and Prosperity)』에서 중세시대에는 전제정치가 무정부주의보다 바람직하였다고 주장했는데, 이와 마찬가지로 민주적 제도가 그 이전의 어떠한 비민주적 정치제도보다도 부의 창출에 효과적이라고 주장하였다. …… 민주주의는 훨씬 우월한 제도이다. 왜냐하면 다수의 지배층이 세수를 자신들을 위해 재분배할 뿐만 아니라 시장에서의 거래를 통해 자신의 수입을 극대화할 수 있기 때문이다.

―12장 미국의 파도, 381쪽.

…… 1960년대 중반 경제위기가 라틴아메리카에서 민주주의가 실패한 원인이었을지도 모른다. 그러나 라틴아메리카에서 민주주의는 1980년대 외채위기와 1990년대 금융위기를 극복한 바 있다. 높은 인플레이션 또한 1950년대에서 1970년대 중반까지는 민주주의의 몰락 가능성을 증대시켰던 것을 보이나, 1980년대에는 그렇지 않았다.

―12장 미국의 파도, 400~401쪽.

『현금의 지배』, 니알 퍼거슨 지음, 전철환 해설, 류후규 옮김, 김영사 발행, 2002.

과학 기술을 키우는 좋은 정부

여왕벌 같은 정부가 되어야 한다. 일벌들은 열심히 공동체를 위해 일한다. 여왕벌도 하루에 2~3000개의 알을 낳아 훌륭한 일벌을 탄생시킨다.

경제는 무엇을 동력으로 발전하는가?

훌륭한 인간이 있어야 한다.

어떤 인간인가? 과학 기술, 사회를 조직하고 움직이는 기술을 가진 창조적 인간이 있어야 경제가 움직인다. 쉽게 투자를 해야 일자리가 생긴다. 투자는 돈을 벌 수 있어야 하는데 결국 기술이 있어야 투자를 한다(자연과학적이든 인문과학적이든).

창조적 인간을 탄생시키는 좋은 정부가 있어야 시장 경제가 발전한다.

십자군 전쟁(1095~1456) 이후 유럽의 생산 능력은 크게 향상되었다. 신기술의 원천은 바로 이슬람과 동방이었다. 유럽인들은 이슬람권에서 아마포 생산기술을 받아들였다. 이슬람은 에스파냐에 면화 생산 방법도 전파했다. 물레는 13세기 동방에서 가져왔고, 베니스는 시리아에서 유리 생산 기술을 가져왔다. 설탕 제조 기술은 십자군이 동방에서 가져왔으며, 광업에도 영향을 미쳤다. 이슬람지역의 과학 서적이 유럽인에게 보급되었다.

중국에서 들여온 용광로 기술을 발전시켜 주철을 고온에서 처리하는 일이 가능했다. 처음에는 교회 종을 만드는 데 사용되었다. 1380년, 제철기술은 중국의 또 다른 발명품인 화약과 만나면서 대포를 만들었다. 선진적인 대포의 제조 기술은 포르투갈의 등장을 가져왔다.

왜 많은 기술과 학문이 중국과 인도 그리고 이슬람권에서 오게 되었을까?

12세기까지 유럽보다 중국, 인도, 이슬람의 문명이 앞섰으며, 학문에 대한 대대적인 장려가 있었다. 세계적인 대학을 세웠으며, 기술자를 우대했다(칭기스칸 경우는 특이할 만한 정도로 기술자를 우대했다). 종교의 자유가 있었다.

'지구는 태양을 돈다'고 발표해도 유럽처럼 잡혀가지 않았다.

과학기술이 중요하다고 말들은 하지만 우리 현실은 이공계가 기피되고 공직사회에서 기술직이 우대받지 못하고 있다. 공과대학에서 화공과 원자력공학 전자공학 등에 가장 우수한 인재가 들어갔기 때문에 IT 공업 중화학공업이 발달했음을 알아야 한다.

과학기술부가 사라지고 교과부가 되고 정통부가 사라진 작금의 현실이 개탄스럽다.

잔 다르크 Joan of Arc(1412~1431)의 활약은 전쟁 기술의 역사가 새로운 국면을 맞았음을 보여주는 좋은 예이다. 17세의 문맹인 농노 소녀 잔 다르크가 노련한 영국 장군들을 물리칠 수 있었던 것은 부분적으로 대포라는 신기술이 워낙 새로워서 과거의 군사적 경험이 큰 도움이 되지 않았기 때문이다. 사실 축적된 지식에서 나온 것이 아닌 신기술과 관련해서 늘 그런 일이 발생하곤 한다. 실제로 잔 다르크의 동료들은 그녀가 전장에 포를 설치하는 능력이 특히 뛰어났다고 칭찬했다. (신기술이 등장하면 젊은이가 늙은이를 제치고 중요한 업적을 남기는 일이 종종 발생하는데, 이를 '잔 다르크 신드롬' 이라 부른다.)

—9장, 쟁기, 등자, 총포, 페스트, 300쪽.

『과학과 기술로 본 세계사 강의』, 제임스 E. 메클렐란 3세, 해럴드 도른 지음, 전대호 옮김, 모티브북 발행, 2006.

정부의 R&D가 생명공학과 인터넷을 낳았다.

점점 더 거대 과학이 발전하고 있다. 양성자 가속기 하나에 1조가 넘는 돈이 들어간다. 민간 기업에서는 투자가 가능한가?

기업에게만 R&D(Research and Development, 연구개발)를 맡기는 것은 어렵다. 정부가 R&D에 대대적인 투자를 하는 것이 중요하다. 에너지 발굴 · 시추에 성공불 융자제도가 있다. 마찬가지로 연료전지, 수소 자동차, 핵 융합발전 등 대체 에너지, 언어처리기술, 로봇, 기능성 식품 · 약품 · 화장품, Anti Aging 의료기술, 제품 등에 성공불 융자제도를 도입해 대대적인 민 · 관 합동 투자를 하는 것이다.

투자 규모가 너무 커지고 있다. 정부, 정부와 기업이 R&D에 투자해서 리스크를 함께 떠안는 획기적인 제도가 필요하다.

생명 공학과 새로운 통신 수단인 인터넷을 살펴보자. 이 두 산업은 과연 어떻게 발전하게 되었는가?

1960년 대 초반 미국 국립보건원(National Institude of Health)에서는 당시 생물물리학(biophysics)이라고 부르던 분야의 연구개발에 해마다 수십억 달러를 지출하기 시작했다. 그에 따라 이중나선이니 DNA니 재조합된 DNA 같은 생명공학의 단초를 여는 놀라운 업적들이 쏟아져 나왔고, 그로부터 25년에서 30년 뒤에는 매출액이 수백억 달러에 달하는 데다 수익성마저 탁월한 거대 산업이 새롭게 그 모습을 드러내게 되었다. 만약 민간 기업으로서는 절대로 이런 식으로 투자하지 못했을 것이다. 위험이 너무나 큰 데다 이익을 거둘 때까지 너무나 오랜 시간을 기다려야 하기 때문이다.

—227쪽.

인터넷은 25년 전 핵무기의 사용 증거를 확인하기 위한 통신 시스템의 일환으로 개발된 이래 국립과학재단(National Science Foundation)의 프로젝트로 진행되었으며, 최근 들어서야 기업들이 막대한 수익을 올리기 시작한 분야이다.

—227~228쪽.

『경제학은 무엇을 말할 수 있고 무엇을 말할 수 없는가』, 로버트 하일브로너, 레스터 서로 지음, 조윤수 옮김, 도서출판 부키 발행, 2009.

기업과 정부 __

단종 유배지 청령포 관음송, 단종의 애타는 마음을 보고 들어서 그늘이 더욱 깊다.

좋은 정부는 우리가 어디에 있고, 어디로 가야 하며, 장애물이 어디 있는가를 말하고 해결하는 정부이다. 우리 어디로 어떻게 가야 하는가?

제조업의 중요성에 대한 확고한 인식과 지원이 필요하다.

기업의 이윤을 극대화하고 세금을 많이 걷어야 한다. 그러나 부당한 횡포는 저지해야 한다.

기업은 인건비, 세금 등을 이유로 투자조건이 더 좋은 다른 나라로 가겠다고 정부를, 국민을 설득하기도, 압박하기도 하는 유리한 환경에 있다. 그러나 우리는 함께 살아야 한다. 비정규직 문제 등 고용에 관한 대타협이 필요하다.

대기업과 중소기업의 관계를 재정리하고 대대적인 협력구조를 만들어야 한다.

불필요한 규제는 없애야 한다.

시장경제와 관련하여 가장 중요한 것은 기본에 충실한 태도이다. 머리를 맞대고 위기극복 프로그램, 대타협추진 모델을 만들고 실천해야 한다.

대타협을 이끄는 믿음직한 정부가 되어야 한다.

제조업이 10%의 이익밖에 내지 못하거나 손해를 보는데, 뉴욕의 월스트리트
의 금융기관은 40~60%의 이익을 보아 치부했으니 말이 되는가. 이자 따먹기
식 신자유주의는 자본주의 치부의 극치를 여실히 보여주고 있다.

─해설, 229쪽.

『르몽드 세계사』, 르몽드 디플로마티크 기획, 권지현 옮김, 휴머니스트 발행, 2008.

미국발 금융위기의 근본적 이유는 원가, 생산성, 품질 등 총체적으로 약화된 미국 제조업의 경쟁력에서 기인한다.

튼튼한 제조업이 만들어내는 부가가치 기반 위에 세계를 상대로 하는 서비스업이 발전해야 경쟁력을 잃지 않고 지속적인 성장이 가능하다.

여기에 자본가와 기업으로부터 제조업을 지켜내는 정부의 역할이 더해져야 한다.

'열심히 일한 자 떠나라'는 광고가 있었다. 열심히 일한 사람에게 휴식을 선사하는, 근사한 선전문구다. 이 말만 들으면 곧 짐을 챙겨야 할 것 같아 가슴이 뛴다. 그러나 열심히 일한 자로 분류되는 것은 내 맘과 다르다.

때묻은 작업복을 입고 열심히 일하는 노동자가 밝게 웃지 않으면, 몹시 힘들고 슬퍼보인다. 그만큼 그들을 밝게 웃게 해줄 든든한 대가가 필요하다. 그것이 없으면 어느 누구도 떠날 수 없다. 그러나 열심히 일한 자에 대한 대가마저 내 맘과는 다르다.

정부의 역할은 현실에서 쉽게 찾을 수 있다.

실제로 미국 전체 산업의 총이익금 중 금융업이 차지하는 비중은 1980년대 10%였으나, 2007년에는 40%에 이를 만큼 해마다 껑충껑충 뛰어올랐다. ……전설적인 경영자 잭 월치는 GE 퇴직 시 무려 10억 달러를 챙겼고, 메릴린치가 도산되기 전 CEO 스탠리 오닐은 1억 6천만 달러를 움켜쥔 채 경영상 책임을 지고 물러났다. "오늘날 자본주의의 가장 위험한 적은 바로 자본가"라는 경제평론가 로버트 새뮤엘슨의 말은 탐욕에 눈이 먼 자본가들의 폐부를 찌르는 비수가 됐다.

—4장 새로운 경제학을 기다린다, 탐욕과 자본주의, 206~207쪽.

『일류(一流)의 조건』, 안영환 지음, 지식노마드 발행, 2009.

대기업은 악이고, 중소기업은 선인가?

정부가 지원하는 대기업 육성 정책이 지속되고 있다. 이는 기업에 대한 국민의 지원을 부인할 수 없는 것이다. 그러나 대기업은 창업주에 이어 2세, 3세가 경영의 전면으로 등장하고 있다.

중소기업이 중요하다. 혁신 기술을 가지고 있는 중소기업에 대해 대폭 지원해야 한다.

재벌가가 아닌 사람이 10대 기업 안에 들어와야 할 때가 왔다.

제조업의 중요성에 대해 역사는 다시 한번 강조한다. 제조업이 강한 나라가 진정한 강자가 되었다. 제조업을 강화해야 한다.

M&A를 활성화해서 기업은 망해도 기술은 살아있고, 일자리가 지켜지는 기업의 진화를 만들어내야 한다. 기술과 인간을 연결하는 기술 금융에 강한 나라를 만들어야 한다.

전쟁을 치르기 위해서였다고 하는 이도 있지만, 히틀러는 독일 자동차 산업에 대대적인 투자를 했다.

철강, 석유화학, 섬유, 반도체, 기계, 자동차, 조선, 건설 산업 등 18대 전통 주력 산업은 고용 효과가 크고, 관련 산업에 미치는 효과도 커서 경제 성장을 주도한다. 이러한 주력 산업의 부가가치를 높이는 고급 브랜드 전략을 통해 세계 시장에서 차별화 하는 것이 중요하다.

…… 첫째 이유는 기술의 진보를 통해 적은 비용으로 재화나 용역을 대량 생산하는 것이 가능하게 되었다는 것이다. 기업의 거대화는 상당 부분 기술 진보의 결과이다. ……

…… 기술은 규모의 경제(economies of scale)라고 하는 경제적 효과를 유발했다. 즉 기술은 생산 과정을 확대시켰을 뿐 아니라 그 비용을 낮추기까지 한 것이다. 생산이 증가함에 따라 단위 비용은 감소했다. …… 자동차를 한 번에 한 대씩 생산하는 것보다 조립라인에서 생산할 경우 비용이 엄청나게 감소된다는 예에서 확실히 드러난다.

둘째, 기업의 집중은 기업 합병의 결과이기도 하다. J.P. 모건이 US 스틸로 철강 회사를 통합한 이래 기업 합병은 주식회사 성장의 주요 요인이 되었다.
…….

마지막으로 기업 집중은 경기 순환에 따라 가속화된다. 공황 또는 경기 침체로 수많은 소규모 기업이 파산하게 되면 더 크고 재정적으로 안정된 기업이 매우 싼 가격에 파산한 소규모 기업을 매수 할 수 있는 여건이 조성되기 때문이다.

—4 지금까지의 경제 흐름, 85~88쪽.

『경제학은 무엇을 말할 수 있고 무엇을 말할 수 없는가』, 로버트 하일브로너, 레스터 서로 지음, 조윤수 옮김, 도서출판 부키 발행, 2009.

애덤 스미스는 자유시장주의를 강조하며 자유로운 교역(국내외를 포함)을 통해 국부를 증진시키는 새로운 이론을 제시해 큰 호응을 얻었다.

레이건 대통령은 시카고학파 이론의 근간인 '작은 정부'를 지향하고, 규제를 완화하는 것이 경제 정책이 되었지만, 규제완화특별위원회를 해체시키게 되었다.

경제학은 정부가 시장에 어느정도 개입할 것이냐를 두고 '갑론을박'하며 발전하고 있다.

레이건의 규제 개혁을 찬성하는 측도 있고 반면 레이건의 규제 완화가 결국 쌍둥이 적자를 불러 왔다고 비판하기도 한다.

규제 완화가 능사는 아니다. 각종 파생 상품을 허용하는 금융규제완화가 결국 미국의 금융위기를 불러왔다. 무슨 규제를 하고, 안할 것인가? 철학적 뿌리가 튼튼해야 한다.

바다에서 상어에게 자유는 약자에게 죽음을 의미한다. 수도권과 지방, 개발과 환경보존, 시장 가격에서 방임과 지원(예를 들어 연탄 값을 시장에 맡기면 금방 1,500원이 된다) 규제와 관련한 철학이 충돌한다.

기업이 왕성한 활동을 하는 데 지원을 해야 한다. 그러나 한 예로 통신요금과 관련해서, 인하를 바라는 국민과 가격 자율을 원하는 기업이 충돌할 때 어떤 태도를 취할 것인가. 규제를 줄여 왕성한 기업 활동이 이루어지도록 해야 한다.

영화 아바타를 보고 나오면서 인간의 욕망과 자연의 충돌 그 지점에서 나는 어디에 서 있는가, 공존의 지혜는 무엇인가라는 질문을 하게 되었다.

중앙집권과 분권 중 어느 것이 효율적인가?

이는 인류의 오랜 숙제이자, 정치에서도 가장 중요한 논쟁거리 중 하나이다. 조직을 이끄는 지도자들도 가장 많이 고민하는 대목일 것이다. 분명한 것은 시대에 따라 중앙집권이 강조될 때와 분권이 강조될 때를 신축적으로 보고 국가를 운영해 나가야 한다.

드라마 하나를 보면 과거에는 PD가 왕이었다. 작가, 배우 선발 등 전권을 가지던 시기가 있었다. 지금은 작가도 여러 명이 함께 지혜를 모은다. 배우는 부속품이 아니라 드라마의 질을 결정적으로 좌우한다.

분권을 극대화하면서 에너지를 모아야 성공할 수 있다. 자율성을 극대화하면서 에너지를 모아내는 리더십이 미래의 리더십이다.

외교, 국방, 조금 더 나아가면 법치 정도를 가지는 대통령, 국가 세일즈와 남북이 하나 되는 일에 매진하는 대통령, 총리와 장관이 나라를 끌고 가는 새로운 권력 운용시스템이 필요하다는 생각이다.

1980년 애덤 스미스의 넥타이를 매고 다녔던 사람들은 연방정부 규모 축소, 사회복지제도 제한, 가격규제 완화, 지방정부에 대한 연방정부의 지원이나 개입 제한 등을 주장했고, 자유방임시장의 보이지 않는 손이 국민들의 생활에 필요한 대부분의 것들을 제공해 줄 것이라 확신했다.

…… 레이건 정권 때에는 폭풍이 되어 필경에는 천연가스, 석유, 항공노선 가격 등을 모두 보이지 않는 손에 맡기기에 이르렀다. 카터의 임금과 가격 관련 지침들은 모두 철폐되었다.

그러나 레이건이 거둔 초기의 성공에도 불구하고 해운업, 트럭운송업, 건설업 등이 행정당국에 보호를 요구하며 거센 압력을 가해 오자 해제의 바람도 점차 누그러지기 시작했다. 1983년 마침내 행정당국은 당시 부통령 부시G. H. W. Bush가 주도하던 규제완화특별위원회를 해산시키기에 이르렀다.

—2 애덤 스미스의 재림, 74~75쪽.

『죽은 경제학자의 살아있는 아이디어』, 토드 부크홀츠 지음 이승환 옮김, 김영사 발행, 2005.

세금이란 무엇인가 __

기러기들은 줄을 지어 날아가면서 서로에게 소중한 정보를 전달하는 매개체가 된다.

부모가 살아있고 자식이 5형제이다. 첫째와 둘째는 잘살고, 셋째는 자기 살기 바쁘고, 넷째와 다섯째는 살기 어렵다. 부모를 모셔야 하는데 누가 돈을 내서 어떻게 모실 것인가를 살펴보자.

부모가 매월 100만원을 생활비로 쓴다. 5형제가 20만원씩 내서 모은다. 그럴 수만 있다면 좋겠지만 넷째, 다섯째는 보태주어야 할 판이다. 옥신각신한다. 첫째 30만원, 둘째 30만원, 셋째 20만원, 넷째 10만원, 다섯째 10만원을 내기로 한다. 이렇게 정해진 금액이 바로 세금과 같은 것이다.

각자 정해진 액수만 착실하게 내면 되겠지만, 현실은 그렇지 못하다. 부모가 연로해서, 병원도 가야 하고, 기타 등등 생활비 외로 돈이 더 필요하다. 돈을 더 내야 한다. 어떻게 할 것인가? 여기에서 형편이 어려운 동생들은 증세론으로, 잘사는 형들은 감세론으로 나뉜다.

증세론 : 우리 돈을 더 냅시다. 그런데 누가 내요? 같이 내요? 그런데 형편이 힘든 동생은 어쩌지요? 돈 잘 버는 형님들이 더 내야지요.

감세론 : 땅 파서 돈 버냐? 내가 돈을 벌어야 조카 취직도 시켜주고 할 거 아니냐. 부모님께 들어가는 비용을 좀 줄이자. 나도 투자를 늘려야 하거든. 나중에 잘할게.

증세론 : 형님 말씀 이해가 되는데요. 큰조카 호텔에서 결혼하는 것, 미국에 집 사서 아이들 유학보내는 것 좀 아껴서 부모님 모시면 안 되나요?

감세론 : 내가 거져 벌었냐. 피땀 흘린 돈이다. 자식 잘 키우려고 돈 버는 것 아니냐.

증세론과 감세론으로 엇갈린 형제들은 매우 우울하게 헤어졌다.

우리에게 이런 광경은 그리 낯설지 않다. 세상은 더욱 각박해지기만 한다. 옛날엔 아버지 월급 봉투 하나로 할아버지, 할머니 모시고, 대가족이 어렵지만 잘 살았다. 요즘은 맞벌이를 해도 아이 공부시켜야지, 언제 실직할지 모르니 보험도 들어야지, 집 없는 서러움 안 당하려고 무리해서 대출받은 이자 갚아야지, 기타 등등 쥐어짜듯 살아야 한다.

앞의 이야기처럼 형제 간에 부모 생활비를 각출하기도 어려운데, 누가 쓰는지도 잘 모르겠고, 나에게 혜택이 오는지도 잘 모르는 세금이야 오죽 하겠는가?

정치인들은 감세를 위하여 싸우겠다고 달콤하게 말한다. 그러면서 표가 필요한 지출을 위해선 열을 낸다. 우리는 이제 세금에 대해 똑똑해지고 정직해져야 한다.

누구에게 얼마를 걷고, 어디에 쓰는지가, 좋은 정부를 결정짓는 중요한 요소다.

"소득이 있는 곳에 세금이 있다"
"팔의 굵기에 따라 헌혈 양을 가져가라"
"덜 내기 위해 준비하자. 치열하게 토론하자. 합리적으로 결정하자"

세금을 더 낸 사람은 사회적으로 국가적으로 확실하게 존경받는 나라를 만들 때가 되었다.

우리나라에서는 법인세, 소득세 등을 깎아주어야 투자가 일어난다는 부자 감세론과, 부자에게 세금을 더 걷지는 못할망정, 세금을 깎지는 말고, 깎는다면 못사는 사람을 깎아주자. 오히려 부자에게 더 걷어야 한다는 부자 증세론이 대립한다.

부자들 세금을 깎아준 현재, 세금이 걷히질 않아 국가적 어려움에 직면해 있다.

'오바마 대통령은 부자에게 증세를 약자에게 감세를 대선에서 주장했는데, 왜 이 정부는 거꾸로 갑니까?' 한 야당 국회의원의 물음에 정부 관계자는 '선거 때 얘기이지 실제로 그렇게 하지 못할 것입니다'라고 답변했다. 그런데 이를 어쩌나, 오바마 대통령은 부자에게 증세를, 서민에게 감세를 단행했다. 부자 중에서도 1.2%는 중과세하여, 전국민 의료보험을 추진해 서민을 돕는다고 발표했다. 즉각, 좌파식 생각이라고 공격이 시작되었다.

워렌 버핏은 자기 재산의 85%인 35조원을 기부하기로 했는데, 그것도 빌게이츠 재단에 기부하겠다 했다. 상속·증여세도 폐지하는 것을 반대한다고 했다.

<u>세금을 많이 낸 사람이 존경받는 문화가 필요하다.</u>

지난 2월 말 오바마 대통령이 제출한 예산안은 성장친화형 진보정책을 그대로 반영하고 있다. 미국은 정부의 회계연도가 9월에 시작하므로 2월에 예산안을 제출한다. 이 예산안에 따르면 오바마 정부는 부유층에서 세금을 더 걷어 중산층 이하에게 건강보험과 교육 혜택을 확대할 계획이다.

오바마는 예산안을 발표하면서 제일 먼저 기쁜 소식을 전하겠다며 700만 실업자에게 의료비를 보조하는 정책을 발표했다. 전국민건강보험이 없는 미국에서 현재 실업자들의 건강보험비용이 커다란 경제문제로 떠올랐기 때문이다. 중요한 것은 그 재원을 부자들의 세금으로 충당한다는 것이다. 앞으로 10년간 부유층에서 6,560억 달러의 세금을 더 걷는 반면, 중산층 이하에게는 1,490억 달러를 줄이고 건강보험 혜택의 확대를 위해 10년간 6,340억 달러를 쓰겠다고 발표했다.

— 역자 서문, 새로운 진보의 길을 찾는 퍼즐 맞추기, 8쪽.

…… 대부분의 미국인은 누진과세 제도에 찬성한다. 우리 경제에서 혜택을 가장 많이 보는 사람에게 다소 높은 세 부담을 지우는 것이 기본적으로 공정하다는 데 동의하기 때문이다. ……

누진세법은 가장 잘 나간 사람이 사회적 충격을 흡수하고 쪽박을 차다시피 한 사람들에게 새로운 기회를 제공하도록 하기 위한 제도다. ……

누진과세를 통해 운에 의해 결정되는 경제적 불평등을 완화하고, 노동자에 대한 투자를 늘리고, 더 많은 사람이 역동성 경제를 받아들이도록 하여 우리 노동력과 경제를 더 생산적으로 만들 수 있다. 1990년대가 완벽한 예다. 1993

년 재정적자 감축 계획에 따라 소득 최상위층에 대한 소득세는 올랐지만 2000년의 경우 상위 1퍼센트 소득계층의 세후 연간 소득은 평균 42만 3,000 달러나 증가한 것으로 나타났다. 경제가 튼튼해진 덕분이다. 2,000년 이후 재정상황이 흑자에서 앞으로 10년간 4,800억 달러로 추정되는 엄청난 적자로 반전된 것은 역사상 최악이다.

─1장 역동성 경제에서 함께 성장하기, 58~60쪽.

『성장 친화형 진보』, 진 스펄링 지음, 홍종학 옮김, 미들하우스 발행, 2009.

세금처럼 민감한 부분이 또 있을까. 세금을 내지 않는 비양심들을 찾아가 세금 납부를 독려하는 텔레비전 프로그램이 있었다. 비양심들의 집은 호화스럽고, 고급 승용차를 타고 다니며, 편안한 생활을 영위하는 것이 분명했다. 그럼에도 돈이 없어서 세금을 못낸다는 것이 비양심들의 속사정이었다.

세금을 납부하기로 마음을 전향한 비양심도 있었지만, 대부분 출동한 사람들에 의해 가압류 딱지가 곳곳에 붙여지는 것으로 끝이 났다.
세금에 대한 우리의 인식을 단적으로 보여주는 리얼한 현장 보고다.

세금으로 인해 비양심이 생겨나지 않도록, 세금에 대한 잘못된 인식을 바로잡아야 한다.

그만큼 정부의 정책을 바르게 이해해야 한다.

일본은 1950년부터 1970년에 걸쳐 20년 동안 세금을 삭감했는데도 세수입은 20년 전에 비해 16배가 늘어났다. 반면 1980년대 말과 1990년대 초에 시작된 세금인상으로 인해 과거 40여 년 동안 지속되던 평균 이상의 경제 성장이 멈추었다.

14세기 아랍 학자 이븐 할둔은, "세금 부담이 적으면 수익 가운데 세금으로 납부해야 할 부분이 얼마되지 않는다고 판단하기 때문에 사람들은 적극적으로 사업활동에 나서고, 사업이 번창할수록 국가의 세수입은 늘어간다"고 했다.

감세와 증세 사이에서 국가의 흥망이 달라지는 역사는 여전히 되풀이되고 있다.

1984년에도 경기는 계속 호황이었다. 1984년 대선에서 민주당 대통령 후보로 나선 월터 먼데일(Walter Mondale)이 세금 인상의 필요성을 강조하고 나서자 레이건은 최고 소득세율 인하를 골자로 한 강화된 세제 개혁안을 더 강력하게 추진하기로 했다. ……

레이건이 대선에서 승리한 것은 역사상 가장 위대한 승리였으며 경제적 호황의 발판이 되기도 했다. 레이건은 1986년에 최고 소득세율을 28%로 낮추는 것을 골자로 한 세제개혁안을 통과시켰다.

—Chapter 11 레이건과 볼커, 416~417쪽.

『과거 그리고 미래의 화폐, 골드(GOLD)』, 네이선 루이스 지음, 이은주 옮김, 에버리치홀딩스 발행, 2009.

감세를 하면, 투자여력이 생기고, 외국기업의 투자가 다른 나라로 가지 않는다. 결국 투자를 늘리고 일자리를 늘리게 된다.

래퍼 곡선에 따르면 감세는 기업활동과 근로의욕을 부추김으로써 경기를 활성화시킴은 물론, 세수 총량까지도 증대시킨다. 하지만 이는 세금부담이 높은 경우에 잘 나타나는 현상일 뿐 보편적으로 적용할 수 있는 이론은 아니라는 것이 중론이다.

우리나라는 조세부담률이 OECD 국가들의 평균치보다 낮다. 감세를 통한 적하효과보다는 세수감소로 인한 부작용이 더 크다는 의견은 설득력이 있다.

재산세와 소득세가 재산과 소득에 붙이는 세금이라는 점에서 재산과 소득이 많은 부유층에게 감세혜택이 크게 돌아간다는 것에는 이견이 없다. 문제는 그 다음이다. 부유층에게 돌아간 혜택이 서민층으로 흘러내린다는 이른바 '적하효과(트리클다운)'의 현실성에 대한 논란이다.

트리클다운 효과의 주된 논리는 감세가 부유층의 소비 증가와 기업의 투자 확대로 이어져 내수를 진작시키고, 경기가 살아나면 그 혜택이 일반 국민에게까지 돌아간다는 것이다.

감세에 따른 고소득층의 소득 증가가 소비가 아닌 돈을 더 벌기 위한 재투자로 이어진다는 점도 감세효과를 떨어뜨리는 요인이다. 감세로 인한 소득 증가분은 거의 대부분이 다시 어디엔가 묶이거나 희귀성 상품을 구입하는 데 쓰일 가능성이 많다는 것이다. 또한 해외 소비가 급속히 늘어나는 현실에서 감세를 통해 국내 소비를 살리기에는 무리가 따른다는 설명이 설득력이 높다.

감세가 경기를 부양시키는 효과보다는 정부의 재정건전성을 악화시키고 물가 상승만 야기한다는 경제학자들의 주장도 많다.

노벨경제학상 수상자인 조셉 스티글리츠(컬럼비아대 교수)와 폴 크루그먼(미국 프린스턴대 교수), 폴 사뮤엘슨(메사추세츠 공과대학 명예교수) 등은 지난 2001년 '감세할 경우 소비 성향이 낮은 부유층의 감세혜택이 많아 단기적인 경기 부양 효과는 크지 않고 정부의 재정적자와 물가상승만 야기할 가능성이 크다'고 지적했다.

미국과 일본 등에서 감세 정책을 추진했을 때 나타났던 결과도 이 주장을 뒷받침한다.

미국은 1980년대 이후 레이건 정부와 부시 정부에서 감세정책을 추진한 결과 소비증대로 경제가 나아지기는 했지만 재정적자와 연방정부 부채가 증가하는 부작용이 발생했다.

레이건 · 부시 행정부, 미국 GDP 대비 재정수지 및 GDP성장률 추이(%)

연도	1981	1983	1985	1987	1988	1990	1992
재정수지	-2.6	-5.9	-4.5	-3.3	-2.8	-3.0	-4.9
GDP 성장률	2.5	4.5	3.2	3.1	3.9	0.8	2.1

*IR 협의회(WWW.IRA.OR.KR)12월 회보, 미국경제분석국자료 참고

한편 이 통계를 보고 레이건 정부 감세정책이 시장률을 높였다고 주장하는 논리로도 인용되고 있다.

일본의 경우에도 90년대 몇차례에 걸쳐 감세정책을 시행했지만 감세로 인한 가처분소득의 증

가가 소비로 연결되지 않고 저축으로 흡수돼 재정적자가 오히려 악화됐다. 더욱이 감세정책이 당장은 재정건전성에 타격을 주지는 않더라도 미래를 생각해야 한다는 지적도 있다.

한국조세연구원은 2007년 12월, 재정규율 강화를 위한 정책방향 용역보고서에서 "우리나라 재정은 2020년 전반기 이전까지는 안정적인 모습을 유지하겠지만 인구구조의 고령화가 본격화되는 2020년대 전반기 이후 재정건전성이 급격히 악화될 우려가 있다"고 설명하고 있다.

세계화 시대에 세율 인하는 중산층이나 빈민들이 아니라 부자들을 주로 이롭게 한다.

단, 세금부담율이 진정으로 높다면 당연히 감세하는 방향으로 가야 할 것이다.

영국에는 창문세가 있었다. 창문이 많은 집이 고급 주택으로 평가되던 당시에 국왕 윌리엄 3세는 부유층에게 더 많은 세금을 걷기 위해 창문세를 도입했다. 여섯 개가 넘는 창문을 가진 집만 과세대상이었고, 창문의 숫자에 따라 세금이 늘어갔다. 창문세는 거센 반발을 일으켰고, 사람들은 세금을 피하기 위해 창문을 없앴다. 그 시기에 건축된 건물에는 창문이 없는 경우도 있었다고 한다. 창문세는 150여 년 동안 존속했다.

창문세를 처음 만든 나라는 프랑스였다. 1303년 필립 4세가 창문세를 신설한 후로 세 차례나 창문세를 도입했다. 프랑스는 영국과 달리 부자들이 창을 넓게 낸다는 점에 착안하여, 창문 폭에 비례해 세금을 물렸다. 그러자 폭이 좁고 길이가 긴 창문이 생겨났다. 우리가 낭만적인 창문이라고 하는 프랑스식 창문은 창문세 때문에 생겨난 것이다.

중소도시와 농촌의 난방용 화로수에 따라 세금을 부과하는 화로세, 긴 수염에 세금을 부과하는 수염세 등……

역사 속에서 국가는 세금을 더 많이 거두기 위해 다양한 노력을 기울였다.

이집트 사람들은 세리(稅吏)에 대한 두려움 속에서 살았다. …… 기하학의 발달 또한 토지세 부과와 관련이 있다. 나일강의 홍수로 유실되는 땅의 경계를 측량할 필요가 있었기 때문이다.

―1 토지세의 성립, 고대 이집트, 15~16쪽.

아테네인들은 세금징수업무를 민간인 세금징수업자tax farmer에게 의존하였다. 각종 세금은 매년 최고가로 입찰하는 사람에게 경매되었는데, 이는 행정조직이 취약했던 고대국가가 정부의 수입을 확보하는 손쉬운 방법이었다. …… 낙찰금액이 높을수록 업자가 납세자에게 세금을 더 뜯어내곤 했기 때문에, 징수업자는 미움을 받았고 두려움의 대상이었다.

―2 기부문화의 시초, 고대 그리스, 30쪽.

부자와 가난한 자의 차별을 어떻게 해소할 수 있을까? 이 문제에 대해 그리스인들이 선택한 방법은 부유한 사람은 큰 재정적 기부를 하고 그에 상응하는 명예를 얻는 것이었다. ……
BC 4세기경에는 아테네 전체 인구의 4%가 기부금을 제공하는 부자 계층에 해당했다.

―2 기부문화의 시초, 고대 그리스, 33~34쪽.

시저는 변방이 평화에 이르는 길은 무거운 과세를 통한 약탈행위가 아니라 가

벼운 과세에 있다고 믿었다. 그는 전임자들처럼 패배한 도시에 대해 무거운
세금을 물리지 않았다.

—3 실용중심의 고대 로마, 61쪽.

…… 아우구스투스는 총독의 압제와 세금징수업자의 횡포를 모두 제거하는
새로운 방법을 도입했다.

전쟁세와 인두세라는 두 종류의 세금이 그것이다. 전쟁세는 재산의 1%의 세
율로 과세되었고, 인두세는 성년의 남자(14~65세)에게 과세되었다. 이 제도
의 장점은 단순했기 때문에 세금징수인이 필요하지 않았다.

—3 실용중심의 고대 로마, 63~65쪽.

이슬람 정복자들은 기독교도와 유대인에게 관대한 편이었다. 같은 일신교도
요, 성서의 민족들로 간주했던 것이다. ……

새로운 정부를 인정한 아랍인들은 국유지만 접수했다. 국유지가 아닌 개인
토지 소유자들은 세금을 납부함으로써 자유를 얻었다.

—4 이슬람의 흥망, 100~101쪽.

…… 남아있는 현지 주민들은 항복하기를 원했는데 다만 그들이 제안한 조건
으로 항복하기를 원했다. 주민들은 항복조건을 둘러싸고 두 부류로 나누어졌
다. 한쪽은 소득에 비례하는 토지세를 내기를 원했고, 부자였던 다른 집단은

금액이 사전에 정해진 고정적인 토지세를 내기 원했다.

―4 이슬람의 흥망, 106~107쪽.

필리프가 개발한 효과적인 세금징수 방법 중 하나는 신민들에게 군에 복무하라고 종군의무를 요구하고 나서, 이를 면하게 해주는 대신 세금을 내게 하는 것이었다. …… 평민들의 군복무의무를 세금으로 대치하기 위해 두 가지 형태의 세금이 생겨났다. 즉 농촌과 중소도시에서는 화로세furnace tax(가옥에 설치된 난방용 화로에 부과된 세금)가, 큰 도시에는 판매세가 생겨났던 것이다.

―5 중세기의 프랑스, 127쪽.

잉글랜드 국왕 리차드 2세는 백년전쟁 중 프랑스 침공에 대비한 전쟁경비의 징수를 의회에 요청했다. 의회는 거지를 제외한 14세 이상의 성인으로부터 4펜스 징수안을 제시했다. …… 그러나 이 인두세는 불공평한 것이었다. 부자와 가난한 자들이 같은 세금을 부담했기 때문이다(1377).

…… 의회는 누진적인 인두세를 입안하고자 시도했는데, 공작은 10마르크, 남작은 40실링을 부과하고자 했다. 그러나 상당한 토론 후에 의회는 14세 이상의 남녀 모두에게 구분 없이 1실링의 인두세를 부과하기로 결의했다.
농부들의 세금부담은 사망세에 의해 더 무거워졌다. 농부가 죽으면 영주는 그가 군역을 필하지 않고 죽었다는 이유로 가장 좋은 짐승을 가져갔고, 성직자는 십일세를 다 내지 않고 죽었다는 이유로 두 번째 좋은 짐승을 가져갔다. 결국 좋은 재산을 뺏기고 난 농부의 가족은 완전히 가난 속으로 빠져들었다. ……

마침내 켄트에서 봉기가 일어났다.

— 6 근대 이전의 영국, 150~151쪽.

1592년에는 일본의 전국시대를 평정한 히데요시가 조선을 침공했고, 조선의 구원요청에 따라 명나라는 조선을 지원하기로 결정했다.……
…… 왜군은 1597년에 다시 조선을 침공했고 지휘관이 원균으로 바뀐 조선 수군과 명군은 대패하고 말았다. …… 1598년 가을에 히데요시가 죽고 오랫동안 지속되던 전쟁은 마침내 끝이 났다.
임진왜란은 명나라에 엄청난 재정적 부담을 안겨주었다. 텅 빈 국고를 보충하기 위해 정부는 높은 세금 인상을 단행했다. …… 이 세금은 매우 압제적이었기 때문에 제국의 여러 지방에서 반란이 일어났다.

— 6 근대 이전의 영국, 중국과 러시아의 사례, 171~172쪽.

『세금이야기』, 전태영 지음, 생각의 나무 발행, 2005.

세금의 역사가 주는 교훈

첫째, 정부가 존재하는 한 세금은 사라지지 않는다.

둘째, 과도한 세금은 경제 위축이나 폭동 등 혁명 정치 변동을 가져온다.

셋째, 세금을 둘러싸고 기득권 세력(면세 세력 등)과 평민들과의 투쟁이 있어 왔다. 누가 세금을 (더) 낼 것인가?

넷째, 불합리한 과세체계는 경쟁력을 떨어뜨린다.

다섯째, 과도한 낭비, 무절제한 전쟁 등을 일삼아 재정을 망가뜨리는 국가, 정부, 왕권은 저항에 직면하거나 몰락의 길을 간다.

…… 무슬림들은 피정복민들의 문화나 관습 및 종교 등을 보호해 주는 대가로 그들에게 무슬림들보다 많은 세금만을 요구하였다. ……

이슬람 정부는 세금 감면을 노리는 대량 개종을 막기 위해 오히려 개종금지백서를 발효하여 국가 수입의 증대를 위해 피정복민의 개종보다 공납을 요구했다.

－8 한 손에 칼, 한 손에 꾸란, 201쪽.

『이슬람』, 이희수, 이원삼 외 지음, 청아출판사 발행, 2001.

세금은 어디에서 걷고 어디에 쓸 것인가? 세금은 본질적으로 필요한 재원을 어디에서 걷고, 어디에 쓸 것인가의 줄다리기다.

기업은 힘이 강해졌기에 과거처럼 정부가 하자는 대로 하지 않는다. 시민들도 세금이 권리와 직결된다는 것, 어떤 정부냐에 따라 세금의 내용이 달라진다는 것을 알게 되었다.

과거에 세금은 절대자가 임의로 정했다. 그러나 반발하는 사람들에 의해 서서히 문제가 제기되었다. 이젠 깨어난 시민들이 세금에 관심을 가져야 할 때이다.

임금 인상 투쟁을 하는 것보다 힘을 모아 세법을 고치면 훨씬 더 큰 이익을 얻을 수 있지 않을까?

세금을 어디에 쓸 것인가? 도로인가? 다리인가? 아니면 탁아, 육아, 유치원 무상교육인가? 공교육에 대대적인 예산을 투입해서 사교육으로부터 해방되어야 한다. 우리는 유럽처럼 대학교까지 무료 교육은 할 수 없는 것인가? 대학등록금 1천만원은 이제 끝내야 한다.

세금을 누구에게 얼마를 걷느냐에 관심을 가지고 고칠 때가 왔다고 생각한다. 전 세계의 조세제도를 연구하고 삶을 바꾸자. 국민들이 바꿀 힘이 있고, 그렇게 바뀌어온 나라가 선진국이다.

국가도 조세 관련 통계를 정비해야 한다. 법인세 하나를 놓고서도 OECD 평균보다 높으니 낮추어야 한다는 측과 법인세 실효세율을 기준으로 보면 OECD 평균보다 훨씬 낮다는 주장이 충돌하고 있다. 세법 체계가 다른 이유로 OECD 다른 나라와 비교해서 통계 정리를 해야 한다.

정권의 성격마다 세금 관련 통계가 달라져서 정권 정책 홍보에 쓰여지는 것이 작금의 현실이다.

조세 통계는 이데올로기가 아니라 과학이어야 한다. 정확한 조세 통계를 마련해서 증세냐 감세냐 소모적 싸움이 아니라 합리적으로 올릴 건 올리고 내릴 건 내려야 한다.

면도날 같은 이성으로 접근해서 합리성을 찾아나가야 한다.

동로마의 멸망은 세금과도 관련이 있다.

가혹한 징세가 로마의 통합력을 훼손했다는 것이다.

그러나 로마는 징세능력으로 집권화된 근대를 유지할 수 있었기에 대로마를 건설할 수 있었다고 평가되기도 한다.

…… 20세기 역사가들은 로마제국 붕괴의 요인을 경제적 측면에서 찾으려고 했다. 1964년 A. H. M. 존스(1904~1970, 로마 제정 후기에 정통한 영국 역사가—옮긴이)는 4세기의 로마는 조세부담이 지나치게 커서 농민들은 세금 내느라 허리가 휘어 가족을 부양하기도 힘들었다고 주장했다.

—1 팍스로마나, 1 로마인, 36쪽.

3세기 중반, 특유의 한계를 지닌 제국의 정부기구는 사산 왕조 페르시아라는 매우 생경한 범주의 문제에 직면하게 되었다. 로마제국이 그에 맞서 군사적, 재정적, 정치적 개편을 단행해 급한 불을 끈 것은 앞에서 이미 언급한 바 있다. 다만 그같은 개편으로 로마제국은 난국에서 벗어났으나, 한편으로는 그것이 급기야 파국으로 치달은 원인으로 작용했다는 것이 학계의 오랜 주장이다.

—1 팍스로마나, 3 제국의 한계, 164쪽.

『로마제국 최후의 100년』, 피터 히더 지음, 이순호 옮김, 뿌리와이파리 발행, 2008.

행복한 미래를 찾아서 __

영월 만경사 돌탑, 돌 하나 잘못 올리면 와르르 무너진다. 다른 사람의 소원까지도……

이기적 유전자

인간 내부에 이기심이 존재함을 말해 무엇 하겠는가?

성선설은 공자와 맹자에 뿌리를 둔다. 쉽게 말하면 결국 백성이 기본이다. 민심이 천심이다. 백성을 잘 보살펴야 한다. 백성은 바다의 물과 같아서 배를 띄우기도 하고, 전복시키기도 한다. 이는 백성을 잘못 받들면 혁명이 일어난다는 것을 말한다. 덕에 의한 통치가 중요하다.

성악설은 인간은 본성이 욕망에 기초하여 움직인다는 것이다. 그러나 이 욕망이 공동체를 파괴해선 안되니 법과 제도로서 엄격히 다스려야 한다.

성선설, 성악설 모두 수양을 권해야 한다고 하고 있다.

인간의 이기성과 탐욕은 결국 피할 수 없는 경쟁으로 인해 종의 생존과 도태, 약육강식의 필연성을 야기하는 이기적 유전자들이다.

이타적 유전자는 이기적 추구는 있지만 사회성, 협동성, 신뢰성이 존중되어야 하는 속성이 있다. 일벌이 자식을 낳지도 않지만 열심히 일해 꿀을 모으는 것과 같다.

인간이란 무엇인가를 해석함과 처방에 따라 정도의 차이는 있지만 다양한 사회, 경제, 정치사상이 탄생하였다.

도둑질을 한 소년 가장은 다음의 견해에 따라 다른 인생을 살게 될 것이다. 어느 것이 한 소년의 미래를 밝게 만들어 줄 것인가.

죄와 형벌

A : 엄하게 처벌해야 합니다. 어린 것이 벌써부터 도둑질이야!

B : 왜 도둑질을 하게 되었을까 관심이 필요해요. 너무 집안이 어렵군요. 선처를 부탁합니다.

사회 안전망

A : 가난하면 다 도둑질 하나요? 본성이 나쁜 놈이지. 일을 해야지.

B : 당장 먹고살아야 하니 도와줘야지요. 청소년인데 공부도 가르쳐야 하지요.

교육 기회

A : 학교 다니는 돈은 누가 냅니까? 저는 못냅니다.

B : 국가가 돈을 내서 저 애들이 사회에 혐오감을 가지지 않도록 보살피는게 사회를 위해 필요한 일입니다. 교육기회를 주어야 합니다.

교육 철학

A : 공부를 가르치면 따라오나요? 수업 분위기만 망치지. 평준화를 망친다구요.

B : 그래서 외국에선 나머지 공부를 시키는 데 집중적인 노력을 기울이고, 수준별 수업을 하는 것 아닙니까?

세금

A : 그런 세금까지 나는 못 내요.

B : 국가는 세금으로 운영되는데 더 내야지요.

사회나 이웃의 관심과 배려, 복지 수준에 따라 이 소년 가장은 '평범한 길'을 갈 수도 있고, '수단과 방법'을 가리지 않고 돈을 버는 인생의 길을 갈 수도 있고, '원수를 갚아야지'라는 생각으로 흉악 범죄자가 되거나 사회주의자가 되는 길을 갈 수 있고, '많은 분들 도움으로 자랐으니 나도 어려운 이웃을 돕고 살자'는 생각으로 봉사하는 인생의 길을 갈 수도 있다.

많은 법률, 철학, 사회의 논쟁이 있지만 곰곰이 따져보면 성선, 성악, 이기적, 이타적, 본성인가, 양육인가라는 것에 대한 관점에 따라 인생이 달라진다.

강원도 어느 시골에 연세가 많으신 할머니와 손주가 단 둘이 살고 있었다. 며느리가 떠나고, 이혼한 아들은 돈벌러 간다고 나갔기 때문이다. 손주 키우는 게 힘에 부친 할머니는 제천 장날아이를 파출소 앞길에 놓고 집으로 왔다. 아이는 울다가 파출소로 가게 되었고, 기억력이 좋았는지 집을 찾아오게 되었다. 경찰은 할머니 사정을 듣고, 쌀을 모아 주었다. 얼마후 이 아이는 어린이집을 다녔는데 이 다음에 크면 돈을 벌어 총을 사는 것이 소원이라고 했다. 그 총으로 할머니를 쏴 죽일거라고.

이 이야기는 3년 전에 있었던 실화이다.

…… 우선 개체에 의한 이기적 행동의 여러 가지 예를 살펴보자.

검은머리갈매기는 커다란 집단을 이루어 집을 짓는데 둥지와 둥지 사이는 불과 수 미터밖에 안 된다. 갓 태어난 어린 새끼는 무방비 상태이기 때문에 포식자에게 먹히기가 쉽다. 어떤 갈매기는 이웃 갈매기가 먹이를 찾으러 집을 떠날 때까지 기다렸다가 그 둥지를 습격하여 어린 새끼를 삼켜버리는 경우가 흔히 있다. 그리하여 그 갈매기는 먹이를 잡으러 나가는 수고를 할 필요도 없이 자기 둥지를 지키는 동시에 풍부한 영양을 섭취할 수 있다.

— 1 사람은 왜 존재하는가?, 46쪽.

『이기적 유전자』, 리처드 도킨스 지음, 홍영남 옮김, 을유문화사 발행, 2006.

인간의 정신은 이기적인 유전에 의해 만들어졌음에도 불구하고 사회성과 협동성, 신뢰성을 지향한다.

인간은 사회적 본능을 가지고 있다.

모든 이타주의의 이면에는 분명히 이기성이 숨어있지만 인간의 내면에는 협동, 이타적 행위, 아량, 동정, 친절, 자기 희생 등과 같은 미덕이 자리잡고 있으며, 이것은 모든 인종의 공통적인 심리적 경향이다.

인간은 개미와 꿀벌보다 더 상호의존적이다. 그러므로 호혜주의는 인간 본성의 불가결한 일부, 즉 본능일 가능성이 높다.

인간 사회에서는 호혜주의가 보편적으로 발견된다.

사회적 이타주의에 관한 한, 인간은 아주 독보적인 존재다.

인간은 태어나는가 만들어지는가

인간에 대한 애정과 신뢰, 이해가 필요하다. 왜? 우리는 만물의 영장이라는 인간이기 때문이다. 인간에 대한 애정을 가지고 사물을 보고 실천해보는 게 참 중요한 일이다.

예수도, 부처도, 가장 빠른 길은 "네 가까이에 있는 이웃을 돕는 길"이라고 말했다.

어떤 논쟁을 하더라도 어떤 정책을 말하더라도 인간에 대한 깊은 이해, 애정, 돕는 노력만큼 아름다운 것도, 최선의 것도 없다.

"군대의 탱크나 경찰관의 곤봉보다 더 큰 사회적 폭력은 길거리에 굶고 있는 어린아이를 방치하는 것이다."

남을 도우면 내가 행복해진다. 이기적이다. 그렇다. 내가 행복해지기 위해 남을 돕는 것이다.

중세 말 영국과 프랑스는 1337년부터 1453년까지 무려 116년 동안 전쟁을 치렀다. 이른바 백년전쟁이었다. ……

역사는 반복된다지만 이렇게 비슷한 전쟁이 또 있을까? 21세기 초 인간 게놈이 발표된 시점에서 지난 세기를 돌아볼 때 본성 대 양육 논쟁은 중세의 백년전쟁을 꼭 빼닮았다. 이 전쟁의 한편에는 본성의 권위자들인 찰스 다윈, 프랜시스 골턴, 윌리엄 제임스, 위고 드브리스, 콘라트 로렌츠가 있고, 또 한편에는 양육의 권위자들인 이반 파블로프, 존 브로더스 왓슨, 에밀 크레펠린, 지그문트 프로이트, 에밀 뒤르켐, 프란츠 보아스, 장 피아제가 있다. 이들은 저자 리들리가 한자리에 모아 가상의 사진을 찍은 12인의 털보들이다.

…… 결론적으로 진정한 다윈주의는 진보나 보수의 편이 아니고, 좌익의 편도 우익의 편도 아니다. 그것은 자유와 평등, 개인과 사회 같은 오래된 갈등과 이분법에 최적의 해결책을 암시하고 타협점을 알려준다는 점에서 진보와 보수, 좌익과 우익 모두의 기초가 된다. 그리고 그 기초 위에서만이 이데올로기의 편향성을 극복하고 인간과 사회의 진정한 미래를 모색할 수 있음을 확신한다.

―옮긴이의 말, 390~393쪽.

『본성과 양육(NATURE VIA NURTURE)』, 매트 리들리 지음, 김한영 옮김, 김영사 발행, 2004.

당신은 행복합니까 __

태백산 가을 단풍은 빠알갛게 물들어 어디로, 어디로 흘러가는가?

수많은 정책 토론이 이루어지고 논쟁을 한다. 정책을 두고 많은 논란을 벌여온 목적은 사회 구성원이 행복하게 살자고 하는 것 아닌가.

"부자 되세요"라는 말이 경쟁하듯 곳곳에 붙어 있다.

어떻게 사는 게 잘 사는 걸까?
어떻게 사는 게 행복하게 사는 걸까?

일을 끝내고 피곤한 몸을 차에 싣고 집으로 향할 때 그런 느낌이 많이 든다.

행복한 인생이란 무엇인가?

행복하게 살기 위해서는 무엇이 필요할까?

행복과 소득은 비례하는 걸까?

행복이 소득에 비례한다면 가장 부국의 국민들이 행복도가 가장 높아야 하는데 꼭 그렇지만은 않다. 아이슬란드, 덴마크, 스위스, 그리고 노르웨이의 평균행복도가 일본, 독일, 미국 그리고 프랑스보다 일관되게 높게 나온다.

행복하게 오래 살 수 있는 방법은 무엇일까?

…… 미국인 남녀의 평균 수명은 1900년에 각각 46.3세와 48.3세였는데, 2000년에는 74.1세와 79.5세로 늘어났다. 유럽연합에서는 2002년에 남녀 수명이 각각 75.5세와 81.6였는데, 20세기가 시작한 이래로 수명이 대략 33년이나 늘어난 것이다. ……

…… 미국에서 1950년부터 주의 깊게 진행되어온 조사에 의하면, 자신이 '행복' 하다고 말한 사람들의 숫자는 계속 60%에 머물고 있는 반면에, 자신이 '아주 행복' 하다고 밝힌 사람들의 숫자는 7.5%에서 6%로 떨어졌다. 한편 단극적(單極的) 우울증의 범위는 급격히 늘어났다.

— 결론, 616~617쪽.

…… 연평균 국민소득이 1만 달러에서 1만 3,000달러에 이르는 지점 부근에서 수평을 이루는 것이다. 그리고 그 지점 이후부터는 수입의 증가가 오히려 행복의 감소를 낳는 것으로 보인다.

— 결론, 619쪽.

『행복의 역사』, 대린 맥마흔 지음, 윤인숙 옮김, 살림 발행, 2008.

거의 모든 일이 돈과 관계된다.

돈을 싫어하는 이는 없다.

수닷타 장자라는 부처의 제자가 있었다. 재산이 많은 부자였다. 부처가 무아, 무소유를 강조하자, 수닷타 장자는 "재산을 어떻게 하면 좋겠습니까?"라고 여쭈었다. 그러자 부처는 "너는 더 가져도 좋다."고 했다.

수닷타는 소외되고 외로운 사람에게 보시를 잘 하는 사람이었다.

아난존자는 "재산을 모으는 데 있어서도 다른 이들보다 적게 모을 수도 있을 것이며, 비슷하게 따라 갈 수도 있을 것이다. 그러나 일생을 살아가면서 품위를 잃지 않을 정도여야 하고, 걱정하거나 남에게 빌리지 않을 정도는 되어야 하느니" 라고 말했다.

예수는 "돈이 있으면 이자를 빌려주지 말고, 오히려 돌려받지 못할 자에게 주라" 라고 말했다.

아우구스티누스는 "이 세상에서 영원히 살 것처럼 쉴 자리를 찾고 그것을 호화롭게 꾸미느라 일생을 바치고 있는가? 당신 안에서 쉼을 얻기까지 우리 마음이 쉼을 찾을 수 없다" 라고 말했다.

…… 과연 물질이 풍요해지고 생활이 편리하면 정말 좋은 것인지 깊이 생각해 볼 필요가 있어요. 예컨대 비싼 음식을 먹을 수 있고 풍요롭게 에너지를 소비하고, 성능이 좋은 컴퓨터나 휴대전화를 쓰고, 걷지 않고 자동차나 비행기를 타고 다니면 정말로 삶의 질이 높아지는 것인가요? 다시 말해서 사회가 물질적 풍요를 누리게 되면 과연 더 행복해지고 삶의 질이 높아졌다고 할 수 있는지 의문의 여지가 있습니다.

…… 컴퓨터가 발전할수록 점점 살기 힘들어집니다. 옛날이라면 이 정도 하면 되는 일인데 컴퓨터 때문에 훨씬 많이 해야 합니다.

－25강, 과학과 우리의 삶, 513~514쪽.

『최무영 교수의 물리학 강의』, 최무영 지음, 책갈피 발행, 2008.

지금 내 자신이 살고 있는 현재는, 미래의 아이들이 살아갈 현재를 빌려 쓰고 있는 것이다.

지금 당장 더 많은 소비와 낭비로 환경을 파괴시키고 자연을 고갈시킨다면 미래의 아이들은 어떻게 살아가게 될까?

소비의 즐거움에서 찾는 행복보다, 합리적으로 잘 쓰고 보존하는 즐거움, 우리 아이들에게 부끄럽지 않은 모습을 보여주며 느끼는 행복이 더 크다.

진정한 행복, 참다운 행복이란?

아이들이 아름다운 환경에서 행복하게 웃는 모습을 보는 것이다.

오늘날 어떤 종교보다 위력을 떨치고 있는 또 하나의 종교 '산업주의' 가 얼마나 위험한 것인지, 자연에 존재하는 모든 것 위에 '인간' 을 군림하는 지배자로 놓는 '인간중심주의' 는 과연 옳은 것인지, 자연을 무자비하게 수탈하여 대량 생산하고 대량 소비하는 것을 '발전' 으로 보는 것이 진짜 '발전' 인지 다시 생각해야 한다고 한다. 그리고 욕망의 충족과 확장에서, 소비의 즐거움에서 행복을 찾는 우리들의 '행복' 이 과연 참다운 행복인지 다시 묻게 되었다.

—107쪽.

『나무를 심은 사람』, 장 지오노 지음, 마이클 매커디 판화, 김경온 옮김, 도서출판 두레 발행, 2005.

60세 은퇴하면 30~40년을 더 살아야 합니다.

아름다운 노후를 위해

무엇을 하며 살아갈 것입니까?

행복은 어디에서 찾아야 합니까?

…… 평균 수명이 왜 이렇게 연장되었을까요? 사실은 유아사망률이 줄었기 때문입니다. 옛날에는 아기가 태어나면 반은 죽었다고 하지요. …… 유아사망률은 그 나라의 삶의 질을 나타내는 지표로 쓰이기도 합니다. 그런데 재미있게도 최고의 '선진국'이라는 미국의 유아사망률은 이른바 '후진국'이라는 쿠바와 비슷한 수준이지요. 아무튼 유아사망률이 가장 중요한 요소이고, 또 한 가지는 항생물질의 개발로 전염병으로 죽는 사람이 많이 줄었기 때문입니다.

이미 노화한 사람, 예를 들어 60세가 넘은 사람들이, 최근 50년 동안 수명이 얼마나 늘어난 줄 알아요? …… 미국 통계로 기억하는데 불과 넉 달입니다. 50년 동안 거의 늘어나지 않았지요. …… 아무튼 그동안 진정한 의미의 수명 연장은 별로 이루어지지 않았습니다.

―24강, 과학과 기술, 510~511쪽.

『최무영 교수의 물리학 강의』, 최무영 지음, 책갈피 발행, 2008.

건강한 삶을 위해서 __

계룡산 오솔길 옆, 돌절구 하나 땅 속 깊숙이 몸을 묻고 작은 연못이 되어……

우리는 극단적인 기아는 극복했다(물론 아직 못한 지역도 사람도 있다). 그러나 격렬한 경쟁이 조기 은퇴 등을 낳을 것이다. 아마 피하기 어려울 것이다.

그런데 수명은 80~90을 넘어 100세에 육박하게 될 것이다. 60에 은퇴한 후 어떻게 살아갈 것인지 진지하게 고민해야 한다. 건강하게 오래 사는 것이 최대 과제가 되었다.

그에 따라 삶을 대하는 자세도 달라져야 할 것이다.

경쟁을 하되 승자독식이 아니라 패자부활이 있고, 패자는 있되 낙오자가 생기지 않도록 배려해야 한다. 은퇴 후 삶에 대해 전 사회적 노력을 기울여야 한다.

환경보호 수준을 뛰어넘는 전략이 필요하다.

자연과 더불어 공존하고 배우는 삶을 확대하는 것이, 경쟁에 시작된 삶을 위해서도, 건강을 위해서도, 노후를 위해서도, 지구를 위해서도 필요한 전략이다. 자연 보호가 아니라 자연과 더불어 사는 삶을 식품, 건강, 의료 등등까지 확장하는 경제시스템을 찾아야 한다. 높은 빌딩, 지하 공간 확장보다, 자연으로 우리 눈길을 돌려야 한다.

전 세계적인 흐름을 보면 건강에 대한 관심이 점점 더 높아지고 있다. 극단적 빈곤을 벗어나면 건강하게 오래 사는 것이 가장 큰 욕구가 될 수밖에 없다.

건강은 어디에서 오는가?

미래의 자산은 건강이다.

좋은 물과 공기를 마시고, 좋은 음식을 먹고, 운동하는 것이 서양, 동양 의학에서 대체로 권하는 것이다.

2000년을 기준으로 하면, GDP에서 건강비용 평균비율이 OECD 8.0%, EU 8.0%이다. 1990년에는 평균이 3.3%, 3.1%씩이었다.

······ 정부는 관료주의를 타파하고 변화의 속도를 따라잡을 수 있는 혁신적인 새 구조를 만들어야 한다.

혁신을 달성하는 경제체제는 계속 전진해 나갈 수 있다. 그렇지 못하면 낙오된다. 혁신에는 반대 세력이 항상 따른다. 혁신을 제대로 보상하고 격려하는 사회 분위기가 정착돼야 한다.

— 기억하고 싶은 토플러 어록, 215쪽.

21세기 프로슈머(prosumer, 제품의 개발과 생산 과정에 참여하는 적극적 의미의 소비자)가 출현해 사회 곳곳에서 경계가 허물어지는 것에 주목해야 한다. 소비자의 요구가 커질수록 생산자는 이를 반영할 수밖에 없기 때문에 생산자와 소비자 간의 경계가 없어진다.

— 기억하고 싶은 토플러 어록, 218쪽.

미래의 우리를 먹여 살릴 자산은 건강이다. 그것이 주요 화두가 될 것이다.

— 기억하고 싶은 토플러 어록, 222쪽.

『불황을 넘어서』, 앨빈 토플러, 하이디 토플러 지음, 김원호 옮김, 청림출판사 발행, 2009.

부처의 사촌 동생인 아난존자의 일기를 보면 2,500년 전에 이미, 삶의 문제에 대해 고민을 시작하며 고행을 하고, 금욕과 명상을 하는 이들이 있었다. 부처 이전부터 있었다. 뿐만 아니라, 3-4세기에 기독교의 수도사들이 이집트 사막에서 수도를 했다. 악마와 싸우면서 수도사들은 자기 반성, 명상, 묵상을 했다.

2500년 전에 모든 것을 버리고 황야를 찾았던 인간은, 인간 내부에 무엇이 있길래 그 길을 찾아 나서는가?

소비수준이 높아질수록 틱낫한이 세운 프랑스 보르도 지방 '명상공동체'에 사람이 모인다.

명상은 점점 더 커질 것이다. 인간의 욕구는 절대 빈곤 탈출하는 생존의 욕구, 안정을 요구하는 단계, 사랑과 가치를 추구하는 단계로 진화하기 때문이다.

명상은 삶의 태도로 산업으로까지 발전해 나갈 것이다.

오히려 신에 대한 묵상에 보다 깊이 몰두하려는 소망 때문에 고독한 생활을 선택했다. …… 사막의 수도자들은 사막에서 심리전이 더욱 치열해진다는 점과 악마의 공격이 가장 맹렬한 곳이 바로 사막이라는 점을 이내 깨닫게 되었다.

―수도원 생활의 기원, 30쪽.

…… 그의 수도 정신은 그 자신의 마음과 영혼이 확대된 대우주였고, 그 중심에는 강한 자기반성, 명상, 묵상이 자리 잡고 있었다.

―수도원 생활의 기원, 38쪽.

"너는 책 속에서 결코 발견할 수 없었던 어떤 것을 숲 속에서 찾게 될 것이다. 스승들에게 결코 들어 볼 수 없었던 지혜를 돌들과 나무들이 가르쳐 줄 것이다. 너는 바위에서는 꿀이 나오지 않고 가장 단단한 돌에서는 물이 흘러나오지 못할 것이라고 생각하느냐? ……
함축적인 의미들을 차치하면 베르나르두스가 말하려고 했던 요점은 침묵과 고독이 수도사에게 최고의 스승이라는 점이었다.

―13장 수도원 세 곳 답사, 316쪽.

『수도원의 탄생』, 크리스토퍼 브룩 지음, 이한우 옮김, 청년사 발행, 2005.

도심이 공기가 점점 나빠지고 있다. 요즘엔 아파트 가격이 비싼 곳은 조경이 잘 된 곳이다. 자연휴양림은 오픈 첫날 인터넷으로 1년치 예약이 끝난다.

전 국토의 80%가 산으로 되어 있다. 산이 '부가가치의 보고'가 되도록 바꿀 필요가 있다. 과거에는 산은 '산림' 즉 목재를 조달하는 곳이었다. 이제 산과 숲은 미래의 가치를 만드는 곳으로 다시 태어나야 한다.

산과 숲은 명상하기에 좋은 곳이다. 공원으로 일자리도 만들고, 관광객도 불러온다. 세계적으로 공원, 정원은 새로운 산업이다. 시간이 지나면 지날수록 가치가 높아질 수 있다. 많은 일자리를 만들고, 많은 먹을거리를 만들어 낸다. 좋은 공기를 만들어 낸다(산과 숲은 서울보다 공기 중 산소가 2~3% 더 많다).

지하도로 만든다고, 멀쩡한 물길에 돈 쓸 일이 아니고, 산과 숲을 가꾸는 데 돈을 쓰면 깨끗한 물도 더 생기고, 새로운 건강산업을 일으킬 수 있다.

첨단으로 갈 곳은 더 첨단으로, 자연은 더 자연으로……

1961년 천연기념물 제 154호로 지정된 상림(上林)은 최치원이 신라 진성여왕 시절 함양군 태수로 있을 때, 함양읍 가운데로 흐르는 뇌계(현재의 위천)가 범람해 홍수 피해가 심하자 이를 막기 위해 둑을 쌓아 강물을 돌리고 둑 위에 활엽수를 대면적으로 심어 가꾼 띠숲이다. 숲의 면적은 약 12헥타르인데 100~500년 된 낙엽 활엽수가 대부분으로 느티나무, 밤나무, 이팝나무, 굴참나무, 떡갈나무, 때죽나무, 대팻집나무, 윤노리나무, 서어나무, 층층나무 등 모두 100여 종의 나무가 있다.

— 함양 상림, 최고의 학자이자 최초의 조림가 최치원이 만든 숲, 355쪽.

전나무는 그늘에서도 잘 견딘다는 음수이기 때문에 어린 나무가 큰 나무의 그늘에서도 잘 견디어 다층구조의 숲을 만드는 데 유리하다. 유럽에 가면 독일 가문비나무를 다층구조로 키운 숲을 볼수 있다. 이를 택벌림이라고 하는데 알프스 산맥 가까운 데 사는 농부들이 농한기에 나무를 돌보며 가꾼 숲으로 두세 아름이 넘는 굵은 나무를 수백 년에 걸쳐 키워낸다. 딸 시집보낼 때 그 나무 한 그루만 자르면 모든 비용을 마련할 수 있다고 한다. …… 산업화와 도시화로 피곤한 몸을 숲에서 푸는 시대가 도래했다. 국토가 좁은 나라에서 항상 숲을 보는 즐거움을 제공할 수 있는 좋은 방법이다.

— 오대산, 새벽이슬 맞으며 거니는 전나무 숲길, 292~294쪽.

『아름다운 우리 숲 찾아가기』, 숲과문화연구회 지음, 도솔출판사 발행, 2005.

나무를 심은 사람

주인공 부피에는 어떤 작은 사람도 영웅적인 인간으로 드높여질 수 있다는 것을 깨우쳐 준다.

"참으로 세상을 변화시키고, 이 세계를 아름답게 바꾸어 놓는 것은 권력이나 부나 인기를 누리는 사람들이 아니라 남을 위해 공동의 선을 위해 침묵 속에서 서두르지 않고 속도를 숭배하지 않고 자기를 희생하며 일하는 아름다운 혼을 가진 사람들이며, 굽힘 없이 선하게 살고 선하게 일을 하는 사람들"이라고 말한다.

…… 그는 그 땅이 누구의 것인지 관심조차 없었다. 그는 아주 정성스럽게 도토리 100개를 심었다.

—29쪽.

이 고장 전체가 건강과 번영으로 다시 빛나기까지는 그로부터 8년밖에 걸리지 않았다.

—68쪽.

『나무를 심은 사람』, 장 지오노 지음, 마이클 매커디 판화, 김경온 옮김, 도서출판 두레 발행, 2005.

환경, 빈곤은 우리 모두의 과제 __

한강 시원지 오대산 우통수 옆, 온통 나무로 만들어진 서대염불암은 그대로 숲이 된다.

지구 온난화와 물 부족

물의 소중함에 대한 공익광고를 본 적이 있다. 화력이 부족하면 풍력이 대신할 수 있고, 기름이 부족하면 전기가 대신할 수 있지만, 물이 부족하면 물을 대신할 수 있는 것은 없다는 것이다. 다른 에너지들은 대신할 대체에너지가 있지만 물을 대신할 수 있는 것은 아무것도 없다.

세계 선진국은 하루에 몇백 리터의 물을 사용하지만 개발도상국은 몇 리터만 사용한다.

미래에는 물을 기본적으로 먹고 마실 수 있는 권리마저 박탈당할 수 있다. 물이 희귀자원이 된다는 상상만으로도 끔찍하다.

지금부터 아끼고 소중하게 다루자.

태양광의 반사율은 육지가 30%, 바닷물이 7%인데 비해 얼음은 80%나 된다. 따라서 얼음이 녹으면 반사율이 떨어져 지구 온난화가 가속화 될 것이다.

—가속화되는 극지방의 해빙, 12쪽.

아무리 서둘러 강경대책을 마련해도 기후시스템의 관성 때문에 이상 기온이 몇 년간 지속될 것이고, 심지어 돌이킬 수 없는 지경에 이를 수도 있다는 것이다. 그 임계지점이 지금보다 기온이 2℃ 상승한 시점이라는 데 전문가들의 의견이 일치한다.

—귀환불능 지점에 다가선 지구온난화, 14쪽.

오늘날 전 세계 인구 중 11억 명 이상이 안전한 식수를 마시지 못하고 있고, 24억 명이 올바른 위생시설을 갖추지 못한 곳에서 살고 있다.

—물이 희귀자원이 된다면, 16쪽.

『르몽드 세계사』, 르몽드 디플로마티크 기획, 권지현 옮김, 휴머니스트 발행, 2008.

기후의 미래를 쥐고 있는 중국

전 세계 이산화탄소 배출량이 288억 톤에 달했으며 중국이 61억 톤으로 21%를 차지한다고 한다. 전 세계 인구의 4분의 1이 모여 있는 중국이 지금처럼 이산화탄소를 계속 배출한다면 어떻게 될까?

중국의 사막화가 계속되고 있다. 한국은 여름철 국지적으로 쏟아지는 집중호우와 이번 겨울의 3한 4온이 아니라 13한 14한이 이어지는 이상 기후 현상을 겪고 있다. 안타깝지만, 바야흐로 기상청을 신뢰할 수 없는 시대가 되었다.

중국을 비롯한 전 세계 모두가 이산화탄소 저감을 위해 노력해야 한다.

세계인구의 4분의 1이 모여 살고 있는 중국은 천연자원에 엄청난 압력을 행사하고 있다.

…… 사막화는 중국 동부로 진행되고 있으며, 해마다 2,500㎢의 사막이 생기고 있다. 이제는 베이징에서 70km만 가면 사막을 볼 수 있다.

—기후의 미래를 쥐고 있는 중국, 200쪽.

『르몽드 세계사』, 르몽드 디플로마티크 기획, 권지현 옮김, 휴머니스트 발행, 2008.

건강은 먹는 것에 의해 좌우될 것이다. 지금은 조용하지만 유전자를 조작한 식품과 유기농 식품의 시장 전쟁도 나타날 것이다. 소고기를 먹더라도 어느 나라, 어디서, 어떻게 키운 소를 먹는가가 건강에 중요할 것이다.

몸의 70%를 구성하고 있는 물, 어떤 물을 먹을 것인가? 에너지를 만드는 음식, 어떤 음식을 먹을 것인가?

소 한마리로 1,500명에게 영양을 공급할 수 있다면, 소를 키우는 데 들어갈 곡물로 1만 5,000명을 먹일 수 있다고 한다. 햄버거 한 조각(소고기 100g) 때문에 사리지는 숲이 5㎡라고 한다.

대지진으로 고통받고 있는 아이티! 2008년 식량이 부족해 진흙으로 쿠키를 만들어 먹는 나라로 많이 알려졌다.

전 세계적으로 가난 때문에 매일 2만 5,000명이 굶어 죽는다고 한다.

그런 반면, 16억 명 이상이 과체중과 비만에 시달리고 있다. 비만 인구가 늘면서 2억 3000만 명은 당뇨병, 15억 명은 고혈압을 앓고 있다.

굶어 죽는 사람들과 당뇨병에 걸린 비만 인구 수가 비슷하다.

배부른 제국과 굶주린 세계에서 식량전쟁이 일어나고 있다.

…… 사상 최초로 과체중 인구(10억 명)다 기아에 허덕이는 인구(8억 명)을 앞질렀다는 것이다.

―1장, 서문, 12쪽.

유럽과 미국 노동자가 신도시 슬럼가의 피폐한 삶에 저항했듯이 백인 노동 계층을 위해 식품 가격을 낮추는 데 기여한 노예들도 거세게 반발했다. 그들도 혁명의 바람을 눈치채고 있었으나 그저 아이티에서의 시위에 그치고 말았다. 미국 혁명에서 영감을 받아 수세기 동안 유럽의 약탈을 감내한 아이티 노예들은 투생 루베르튀르(Toussaint L' Ouverture)의 진두지휘하에 아이티를 장악했다. 프랑스와 영국, 스페인 그리고 다시 프랑스의 압제에서 벗어난 후 아이티 노예들은 영광스런 독립을 쟁취하기에 이른다. 그러나 열강의 보복은 이루 말할 수 없이 참혹했다. 1791년부터 1804년에 걸쳐 혁명을 일으킨 아이티는 이후 200년 동안 미국과 프랑스, 독일의 의도적인 개입으로 서반구의 최빈국으로 전락하고 말았다. 아이티에 대한 잔혹한 보복을 이해하려면 아이티 혁명으로 두려움에 사로잡힌 해외의 상류층을 먼저 이해해야 한다.

―4장, 빵이 없어 울다, 136쪽.

『식량전쟁』, 라즈파텔 지음, 유지훈 옮김, 영림카디널 발행, 2008.

찾아보기 _

『가슴으로도 쓰고 손끝으로도 써라』 018, 088

『과학과 기술로 본 세계사 강의』 020, 224

『이슬람의 과학과 문명』 022

『생각을 읽으면 사람이 보인다』 024

『성공을 경영하라』 027

『아무것도 못 가진 것이 기회가 된다』 029

『먼길을 가려는 사람은 신발을 고쳐 신는다』 031

『세상을 뒤바꾼 책사들의 이야기, 上, 중국편』 036

『프란츠 카프카』 039

『최은희의 고백』 041

『뿌리 깊은 희망』 046

『사랑하라 한번도 상처받지 않은 것처럼』 048

『탐험의 시대』 051

『교황들─하늘과 땅의 지배자』 053

『인도이야기』 055, 084, 158

『지식 ⓒ』 057

『살아야 한다, 나는 살아야 한다』 060

『뿌리 깊은 희망』 064

『김종삼 전집』 066

『아버지란 무엇인가』 068

『건륭황제의 인생경영』 073

『히말라야, 그들에겐 미래, 우리에겐 희망』 076

『서양 위대한 창조자들의 역사』 079

『2천년의 강의ー사마천 생각경영법』 082

『신들의 나라, 인간의 땅』 090, 092, 094

『처음처럼』 096

『산에는 꽃이 피네』 099

『희망의 근거ー21세기를 준비한 100인의 이야기』 101, 138

『보여줄 수 있는 사랑은 아주 작습니다』 103

『세잔, 사과 하나로 시작된 현대 미술』 106

『수탈된 대지』 109

『이슬람』 111, 144 , 257

『일기일회(一期一會)』 113

『미래의 물결』 120

『부의 기원』 123

『율곡, 사람의 길을 말하다』 128

『책벌레들 조선을 말하다』 131

『시 읽는 CEO』 136, 194

『왕을 위한 변명』 140

『책의 공화국에서』 151

『인재경』 153

『라이벌의 역사』 156, 166, 188

『처음읽는 아프리카의 역사』 161

『제국의 미래』 164

『일류(一流)의 조건』 170, 232

『한시(漢詩)의 비밀ー시경과 초사 편』 174

『이야기 영국사』 176

『한권으로 읽는 고려왕조실록』 179

『백악관을 기도실로 만든 대통령 링컨』 182

『이야기 독일사』 185

『권력의 경영』 196

『대경전, 치국지략』 199

『그 순간 역사가 움직였다』 202

『경제는 거짓말을 하지 않는다』 210

『경제학은 무엇을 말할 수 있고 무엇을 말할 수 없는가』 213, 226, 234

『위기 그리고 그 이후』 218

『현금의 지배』 221

『르몽드 세계사』 230, 296, 298

『죽은 경제학자의 살아있는 아이디어』 237

『성장 친화형 진보』 244

『과거 그리고 미래의 화폐, 골드(GOLD)』 247

『세금이야기』 252

『로마제국 최후의 100년』 260

『이기적 유전자』 266

『본성과 양육(NATURE VIA NURTURE)』 269

『행복의 역사』 274

『최무영 교수의 물리학 강의』 276

『나무를 심은 사람』 278, 291

『최무영 교수의 물리학 강의』 280

『불황을 넘어서』 285

『수도원의 탄생』 287

『아름다운 우리 숲 찾아가기』 289

『식량전쟁』 300